Pierre Dagon

Yuggoth et Titan

Cycle jean Calmet Tome 7

I0622063

sfm éditions

"Un arc-en-ciel doit être utilisé comme un pont, mais il faut le passer non par-dessus, mais par-dessous. Quiconque s'engage par-dessus tombe et se tue.
Seuls les dieux franchissent avec succès les ponts formés par les arcs-en-ciel ; lorsqu'ils le tentent, les mortels font une chute fatale
C.G. Jung
Psychologie et alchimie - *Les rêves initiaux*

Les rêves traités dans le livre de C.G. Jung seraient ceux du physicien **Wolfgang Pauli** qui joua un rôle déterminant dans la physique quantique. Il établit le "principe d'exclusion" en 1925, à l'âge de 25 ans, principe qui permit de comprendre les liaisons chimiques et qui lui valut le prix **Nobel de physique en 1945**. Il eut l'idée du neutrino dès 1930 alors que cette particule fut confirmée en 1956 ! Pauli suivit une analyse avec Erna Rosenbaum, élève de Jung.
Voici ce que **Wolfgang Pauli** écrivit
"L'ancienne question de savoir si, sous certaines conditions, l'état psychique de l'observateur pourrait influencer le déroulement de la nature matérielle extérieure n'a pas de place dans la physique d'aujourd'hui. La réponse était évidemment affirmative pour les anciens alchimistes. Dans le siècle dernier, un esprit critique tel que le philosophe Arthur Schopenhauer, excellent connaisseur et admirateur de Kant, a considéré dans son essai Magnétisme animal et magie *que les effets dits magiques étaient largement possibles et il les a interprétés dans sa terminologie particulière comme des "influences directes de la volonté qui vont au-delà des limites de l'espace et du temps". Sous cet angle on ne peut pas dire que des raisons philosophiques a priori soient suffisantes pour refuser immédiatement de telles possibilités."*

Monstre fabuleux contenant la *massa confusa* de laquelle
s'élève le pélican (symbole du Christ et du *lapis*). Tiré de l'*Herma-
phroditisches Sonn- und Mondskind*.

Le puits

La cité des étoiles avait été construite au pied de la colline sur laquelle dominaient de vieilles ruines. On appelait ces ruines "le château". En réalité, cela n'avait été qu'une très grande maison bourgeoise. Une maison maléfique, qui irradiait une terreur venue des mondes invisibles pour les habitants de notre univers.

Au centre de ces ruines, il y avait le puits.

La nuit, l'éclairage public était éteint par mesure d'économie. C'était une décision de la municipalité.
En cette nuit noire sans étoile, le plafond du ciel était bas, de lourds nuages cachaient la lumière nocturne venue du ciel.

C'est du puits que sortit la lumière.
Ce fut d'abord comme une tache assez large qui émergea de la margelle.
Une tache évanescente, striée de raies plus sombres. Sa clarté était si faible qu'un observateur aurait cligné des yeux

pour savoir s'il avait une hallucination ou si cette lumière poudreuse était réelle.

Puis, la lumière devint bleu intense. Les rayures, noir plus sombre.

Ces interférences lumineuses auraient donné des indications à un physicien sur l'origine de cette lumière.

Puis elle s'éteignit d'un coup. Le noir en fut encore plus noir qu'avant !

Et un être sortit du puits.

Une femme.

Une femme au visage magnifique. Au corps sculptural.

Sa chevelure d'un noir profond semblait se lier à l'obscurité ambiante comme par des tentacules d'obscurité.

Elle enjamba lestement la margelle croulante du puits et descendit le petit sentier qui menait à la cité des étoiles…

Les cheveux au vent, bien que l'air fût absolument calme.

La ville, Espérance, retenait son souffle…

Départ de Yuggoth

Yuggoth était le refuge de *Ceux du dehors*. Plutôt une station d'étape vers la Terre. Cette fonction de la neuvième planète du système solaire ne devait pas être connue. Or, un engin spatial s'approchait de ce qui fut une planète, mais qui n'était plus considérée comme telle, car concurrencée par d'autres découvertes depuis, comme Cérès dans la ceinture d'astéroïdes entre la Terre et Mars.

Il n'y avait pas d'atmosphère sur Yuggoth. Un monde glacé qui, pourtant, possédait une géologie mouvementée. Car sous la surface régnait une énergie violente, énergie nécessaire aux activités de *Ceux du dehors*. C'est pour cette énergie qu'ils avaient choisi cette planète.

L'arrivée imminente de cet engin spatial obligea *Ceux du dehors* à quitter la planète avec toutes leurs installations et tous les personnages et êtres de provenances diverses qu'ils contenaient.

Ils transféraient leur base sur Éris, petite planète située au-delà de la ceinture de Kuiper, mais avant le nuage d'Oort.

Dans ce "convoi" épouvantable se trouvait Alice. Elle avait compris les raisons de ce transfert. Elle souriait, si l'on pouvait parler de sourire dans l'état de pure énergie dans lequel elle se trouvait.

Elle souriait car elle savait que l'arrivée de cet engin spatial était une chance pour elle, chance que *Ceux du dehors* tentaient de contourner en la transférant, avec les *autres*, vers Éris. La capacité de la vampire de détecter tout flux d'énergie, même lointaine, n'était pas connue par *Ceux du dehors*. Elle savait chevaucher ces flux d'énergie, même ténus, comme les sorcières chevauchaient leur balai.

Mais *Ceux du dehors* avaient quand même envisagé l'éventualité de la fuite d'Alice. Ils ne pourraient pas l'empêcher. Mais ils savaient où elle se rendrait sur Terre. Ils décidèrent donc d'aller occuper ce lieu pour l'attendre...

L'année où les humains explorèrent Yuggoth

Alice, la vampire, n'était pas parvenue à traverser le passage entre le monde de M. et le nôtre. Seul Anatole était passé. Elle était restée bloquée "ailleurs", entre deux mondes. Cela, c'était en 1997.

Depuis, elle avait été prise en charge par *Ceux du dehors.*

Désormais, elle se trouvait sur Yuggoth.

Les gens de la Terre le nomment Éris.

À l'origine, Yuggoth c'était Pluton. Mais, depuis 2006, les hommes, toujours plus audacieux s'en approchaient inexorablement. Alors, *Ceux du dehors* ont déménagé sur Éris... Avec tout leur attirail et tous les êtres dont ils conservaient le cerveau dans un cylindre. Et aussi, leurs compagnons de différentes espèces, telle Alice, qui était de l'espèce la plus noble des vampires.

Éris se trouve au-delà de la ceinture de Kuiper, qui abrite Pluton. Au fur et à mesure de l'avancée des hommes aux confins du système solaire, *Ceux du dehors* devaient s'éloigner. Il leur restait encore le Nuage d'Oort... Situé bien plus loin encore. Ils avaient encore de la marge. Mais jusqu'à quand ?

Dracula, plutôt ce qui avait pris l'apparence de Dracula, était allé se réfugier sur la comète Tchouri. Mais il y avait été exterminé par l'autre Alice. Et les hommes cernaient désormais cette comète avec le vaisseau Rosetta qui a envoyé une capsule de reconnaissance se poser sur sa surface. Les humains recherchent l'origine de la vie dans ces comètes. Ils ne sont pas près de découvrir quelque chose dans ce sens. Ils vont bien sûr détecter quelques molécules qui sembleraient convenir comme candidates à être une brique de la vie... Mais ensuite ? Ils savent déjà que l'eau de la terre ne provient pas de ce genre de comète.

Le survol de Pluton par New Horizons a stupéfié les scientifiques humains. Ce qu'ils ont découvert les a complètement perturbés. Et ils sont heureux de voir ainsi leurs prévisions anéanties ! Ils ont constaté que Pluton et son plus gros satellite, Charon, ont une activité géologique intense. Cela est également le cas sur les lunes des grosses planètes gazeuses (Jupiter et Saturne) dont l'énorme gravité provoque des effets de marée gigantesque sur la surface de ces satellites naturels. Or il n'y a pas de force gravitationnelle à proximité de Pluton et Charon... Alors d'où peut provenir cette activité géologique ? Première hypothèse : d'une énergie interne colossale !

Évidemment, Yuggoth, possède une énergie interne colossale...

Alice dormait, du même sommeil que le grand Cthulhu, morte sans être morte, tant que la mort n'avait pas péri, elle "dormait" dans la maison dans laquelle cette autre Alice, la fille de son sosie Véronique, était venue chercher le cylindre contenant le cerveau de Lovecraft.

Enfin... Cette maison n'existait pas vraiment, elle n'existait que dans l'imagination de la jeune Alice qui était venue ici, et qui l'avait "reconstituée" à partir de la description qu'en avait faite Lovecraft dans sa nouvelle **Celui qui chuchotait dans les ténèbres**.

Éris est une planète au-delà du système solaire, au-delà de Pluton. La vie telle qu'elle existe sur Terre y est impossible. Seuls *Ceux du Dehors* peuvent y élire domicile, station d'étape vers la Terre pour *eux* qui sont désormais, de fait, les gardiens d'Alice. Mais elle allait savoir comment leur échapper... Comme son homonyme l'avait fait.

Là-bas, dans le froid absolu, elle attendait que la mort périsse, sans impatience, car le temps pour elle n'existait pas.

Alice pensait à sa mère qui était "morte" il y avait des siècles. La naissance de sa fille l'avait tuée. Le bébé l'avait saignée à la naissance… C'était comme ça chez les Vampires. Les naissances de corps comme celui-ci étaient rares. Mais elles étaient nécessaires car elles perpétuaient la race des Grands, des Nobles, ceux qui avaient servi les Grands Anciens quand ils avaient daigné s'intéresser à notre monde.

L'espèce des vampires créés par la morsure des Grands fournissait les serviteurs.

C'était bien des années auparavant, le 19 janvier 2006, que la NASA avait lancé ce vaisseau spatial nommé **New Horizons** qui partait de la Terre et devait passer au large d'Éris, après avoir survolé Pluton.

Ce vaisseau spatial avait utilisé les "tubes" gravitationnels, ce réseau dont la définition mathématique requiert largement plus de quatre dimensions. Ces tubes offrent des routes à basse consommation d'un monde à l'autre. Ils sont aussi, un "pont" entre les différents univers, ou, sans plus, entre certains univers. Leurs parois sont faites de niveaux d'énergie. L'existence de ces tubes s'explique par le fait que le système solaire regorge de masses gravitationnelles qui déforment l'espace-temps.

À la jonction des "tubes", le "voyageur" peut passer de l'un à l'autre, ou ne pas le faire, selon les effets gravitationnels. Mais une fois dans un "tube" le voyageur reste coincé.

Ainsi, le 28 février 2007, New Horizons survolait Jupiter pour profiter de son assistance gravitationnelle et réaliser aussi des observations scientifiques.

Ensuite, le vaisseau spatial a été mis en sommeil et réveillé le 6 décembre 2014.

Il a photographié Pluton de loin et l'a atteinte en juillet 2014, le 14 juillet 2014 exactement.

Le vaisseau, réveillé, parcourait les "tubes" gravitationnels et envoyait des ondes électromagnétiques. Et Alice réceptionna ces ondes, ces fluctuations gravitationnelles et quantiques, le temps qu'elles arrivent jusqu'à Éris, et cela la réveilla ! Elle parcourut le chemin inverse du vaisseau spatial en remontant sa trace gravitationnelle, elle parcourut les "tubes" jusqu'à la Terre.

La Terre où elle espérait bien retrouver Anatole !

C'est l'année 2015 qui vit le retour d'Alice de Yuggoth.

L'année où les humains explorèrent Yuggoth.

L'attaque de Ceux du Dehors

La place de la mairie, en cette nuit noire, était vide. Personne ne s'y était aventuré. Dieu seul sait pourquoi, parce que, d'habitude, toute la nuit, des groupes de jeunes parlaient très fort au grand dam de celle ou celui qui aurait voulu dormir dans son HLM...

Cette fois, dans la nuit noire, des formes évanescentes apparaissaient et disparaissaient...

Et, si on prêtait l'oreille, on entendait un... bruit. Tel que Lovecraft l'avait décrit :

« Des bourdonnements impies : c'était comme le vrombissement d'un insecte gigantesque et répugnant, lourdement modulé à l'image du langage articulé d'une espèce étrangère, et je suis persuadé que les organes qui le produisaient ne ressemblaient an rien aux organes vocaux de l'homme, ni à ceux d'aucun mammifère. »

Et puis, si on regardait fixement, on croyait distinguer :

« C'était un crabe géant qui portait à l'endroit où serait une tête d'homme, une pyramide de nœuds ou d'anneaux charnus, d'un tissu épais et visqueux, et

couvert d'antennes. (...) et il doit y en avoir sur Terre davantage à chaque minute qui passe. »

Jean Calmet et sa fille Alice avaient été appelés par Pierre Dagon car son immeuble semblait encerclé par *Ceux du Dehors*. Ils pensaient qu'ils cherchaient à dérober le cylindre qui contenait le cerveau de Lovecraft. Mais, on l'a vu, ils se trompaient.

Lovecraft s'entretenait avec Jean Calmet qui se trouvait avec sa fille Alice dans l'appartement de la cité des étoiles à Espérance.

Il s'exprimait par une interface informatique qui le relayait au monde extérieur via différents instruments de vision, d'audition et de haut-parleurs. Car seul son cerveau était vivant, enfermé dans un cylindre de *Ceux du Dehors*, cylindre que la jeune Alice était allée chercher sur Éris.

« Je crains une attaque de *Ceux du Dehors*. J'ai compris qu'Alice s'était échappée d'Éris en utilisant le vaisseau spatial envoyé par les humains pour explorer Pluton. Ils ne savent pas cela et pensent que je suis responsable de cette évasion. Or je n'y suis pour rien. Il faut prendre des dispositions pour éviter tout ennui. Les gens de cette ville ne doivent pas apprendre l'existence de ces créatures… »

Alice répondit :

« Pas d'inquiétude, je vais m'en charger ! Ils ne sont pas encore parvenus à partir, ils visent ce lieu, ici, de là-haut, et cela les fait apparaître à peine visibles. Je vais monter là-haut dans les ruines du château et, par l'intermédiaire du puits, atteindre Éris pour les empêcher de venir. Mais Alice, la vampire, est déjà partie. Elle est déjà sur Terre, Dieu sait où ! Je vais tout simplement brouiller les pistes, dévier leur chemin, ils vont être perdus pour un moment avant de nous retrouver. Dès mon retour, il nous faudra nous mettre à la recherche d'Alice… »

Mais Lovecraft avait encore quelque chose à lui dire.

« Alice, te souviens-tu de ton voyage temporel en Égypte, au bord du Nil où tu as rencontré Garand ?

- Oh oui ! Très bien.
- Tu te souviens qu'à cette occasion, je t'avais dit que j'avais fait de longues recherches sur l'Alchimie, et que j'avais détecté que bien de ses textes, dit "hermétiques", étaient en fait rédigés par des gens qui parlaient de sciences très évoluées qui dépassaient leur entendement.

Cela m'avait permis de détecter que Garand était à l'origine de ce courant alchimique. Et je suis allé plus loin, j'ai approfondi mes recherches et trouvé quelques textes inconnus d'un alchimiste nommé Athanor, oui, le nom du four des alchimistes, c'est son nom à lui qu'il a prêté pour nommer ce petit engin dans lequel devait se fabriquer la pierre philosophale, mais qui, en réalité, au départ, au tout début, dans la Haute-Égypte, était la machine qui sert à Garand pour voyager d'un monde à l'autre, pour ouvrir des portes entre les mondes. Cet Athanor est encore vivant, il exerce toujours silencieusement et secrètement. Depuis des milliers d'années, il poursuit Garand, son maître, mais l'élève a compris que son maître était un géant dangereux qu'il fallait neutraliser. J'ai réussi à prendre contact avec Athanor ! Serais-tu d'accord pour le rencontrer à ton retour ?

- Et comment ! »

Alice avait répondu machinalement. Elle était préoccupée par sa nouvelle mission. Mais elle ne sous-estimait pas l'importance de la nouvelle.

« Il faut que j'y aille ! » Conclut-elle.
Elle sortit de son pas décidé, avec son air de jeunesse fragile cachant une âme qui savait être féroce.

Le Drac et Anatole

Un vieil homme marchait au bord du fleuve.

Il ne le savait pas, mais là-bas, au milieu du lit, au fond du cours d'eau qui longeait la bonne ville d'Espérance, logeait le Drac...

L'homme âgé passait là trois fois par jour. Qu'il pleuve qu'il vente ou qu'il neige, il venait, attiré là par la magie des lieux, l'eau qui coulait brutalement à raison de 1000 tonnes par seconde vers le sud où elle allait rejoindre celle de la mer et du Grand Cthulhu.

Seules les crues qui envahissaient les berges l'empêchaient de venir au ras des flots humer l'atmosphère fantastique qui régnait ici. Alors il marchait le long de l'ancienne nationale, en haut de la digue, et il observait le fleuve qui coulait rageusement et frappait les deux piles du pont suspendu dans un vrombissement continu qui permettait à peine d'entendre le claquement des plaques d'acier sur lesquelles les automobiles roulaient en empruntant la passerelle.

Il régnait alors une atmosphère de colère, de haine contre la Nature, contre Celui ou Celle qui l'avait créé, lui le fleuve Dieu !

Ces derniers jours, le vieil homme sentait une activité intense autour du fleuve, une sensation d'électricité dans l'air, d'énergie qui se répandait dans l'air en provenance des fonds du fleuve, de la profondeur aquatique qui lançait ses rets vers lui, l'attachant plus encore au fleuve.

Il rencontra soudain un jeune homme...

Un jour, pas si lointain, une jeune fille longeait la berge, comme lui, fascinée par les profondeurs du fleuve.

Voici comment Frédéric Mistral a décrit ce jeune homme que la jeune fille, qui se baignait dans le courant, aperçut :

« *Une impression moite, une fraîcheur tiède l'enveloppait d'un charme halitueux. A fleur de peau, à fleur de carnation, mignardement les ondes tournoyantes lui faisaient des baisers, des chatouillis, en murmurant de suaves paroles qui lui donnaient des spasmes de plaisir... Quand tout à coup, dans l'eau mobile et transparente au clair de lune, là-bas, au fond, étendu sur la mousse d'un lit d'émeraude, que va-t-elle voir ? un beau jouvenceau qui lui souriait. Roulé comme un dieu, blanc comme l'ivoire, il ondulait dans l'onde et sa main effilée tenait une fleur, fleur de 'jonc fleuri', qu'il présentait à la fillette nue. Et de ses lèvres tremblantes et pâles sortaient des mots d'amour mystérieux, dans l'eau se perdant, incompréhensibles. Avec ses yeux félins, fascinateurs, il la faisait venir, craintive, stupéfaite, et haletante de désir, à l'endroit où crient merci le corps et l'âme. (...) »*

Voilà ! C'est le Drac ! C'est lui ce jeune homme que le vieil homme a croisé l'autre jour... Ils ne se sont pas parlé. Le jeune homme avait même semblé ne pas le voir, ses yeux, en tout cas, ne l'avaient pas jugé, car, si cela avait été le cas, sans doute le vieil homme fût subjugué ! Sa silhouette était fluide comme les eaux du fleuve, et rejetait comme elles des rais de lumière...

Gulla était grosse d'un petit. Il était rare qu'une goule se reproduise. Elle avait pu le faire avec Anatole. Elle s'était enfuie juste après qu'Alice Calmet avait injecté à Anatole un sérum provenant des "monstres" du monde de M. qui étaient nommés ainsi par les vampires, car ces "monstres" leur transmettaient la mort avec leur sang. Gulla avait emporté le corps d'Anatole dans sa fuite. Et elle avait pris contact avec le Drac, car ces événements s'étaient produits non loin d'Espérance.

Anatole avait donc été amené dans l'antre du Drac, sous le fleuve, et avait été nourri par le sang des taureaux que le Drac sacrifiait régulièrement.

Le "traitement" ne fonctionna pas.

Mais Gulla "accoucha" assez rapidement d'un petit Anatole et offrit le corps de son père au petit qui le dévora rapidement. La "mère" ne survécut pas à cette naissance.

Puis le Drac plongea le nouveau-né déjà de grande taille dans un bain de sang de taureau. Il l'y maintint très longtemps.

La Transformation fut progressive, mais incroyable, sous l'autorité du Drac qui maîtrisait avec dextérité l'espace-temps pour façonner cette matière magique du vampire et de la goule.

Ce fut une renaissance.

Le petit devint Anatole avec la même apparence qu'il montrait avant sa transformation, qui eut lieu là-bas, dans le monde de M. Il avait alors été transformé par Alice, la vampire, qu'il avait aimée d'une passion dévorante !

Qu'était-elle devenue ? Où était-elle passée quand il la tenait dans ses bras et qu'il courait dans le long couloir qui menait à la Terre en provenance du monde de M. ? Alors qu'il avait franchi la porte d'un immeuble HLM abandonné, alors qu'il entrait dans notre monde, elle disparut tout simplement. Elle n'était plus là...

Maintenait qu'il était débarrassé de Gulla, tous les restes de son humanité se concentraient dans l'amour qu'il portait à Alice, la vampire...

Il savait qu'il la retrouverait un jour.

Il le savait.

« Allons Anatole ! Cesse de penser à Alice. Tu la retrouveras. Les chemins de l'espace-temps d'entre les mondes ont été tracés rien que pour vous ! Elle et toi. Rien que pour vous... »

C'était le Drac qui l'encourageait ainsi...

Bientôt la transformation serait finie, achevée.

Il redevenait le frêle jeune homme qui séduisait par sa fragilité apparente, mais portée par une force interne puissante.

Cette force, il ne savait pas d'où il la tenait. Avant sa transformation il n'en avait même pas conscience. Elle n'avait pas été apportée par sa transformation, elle était en lui depuis toujours.

Elle était désormais maîtrisée. Il avait les moyens, par sa volonté, de la décupler, de la multiplier par cent ou mille... Les chiffres importent peu, car cela dépassait l'entendement.

Vitesse et force faisaient de lui un être redoutable, qui ne pouvait être contrôlé que par la raison.

Seul le Drac pouvait l'égaler, montrer la même force et la même maîtrise.

Le jeune homme prit congé du Drac et emprunta le tunnel qui conduisait au puits situé au fond du fleuve. Il en émergea, sortant d'un coup de la surface brillante qui empêchait l'eau de pénétrer dans l'antre du Drac. Il nagea vigoureusement pour atteindre la surface et rejoignit la berge.

Il faisait nuit noire. À l'Empi (rive gauche du fleuve), il n'y avait pas de lumière. C'était la zone de captage des eaux potables de l'agglomération d'Espérance. Au Riaume, c'était la ville d'Espérance. C'est cette berge qu'il rejoignit.

Il avait appris, lors de son séjour avec le Drac, que Lovecraft résidait là, dans la cité des Étoiles. Il préférait éviter toute rencontre, car les pouvoirs de la jeune Alice Calmet étaient bien supérieurs aux siens. Et ceux de son père, Jean Calmet, quoique très différents étaient également redoutables.

Il lui fallait jouer fin, se fondre dans la grisaille et ne pas se faire remarquer, car, avant tout, il voulait retrouver Alice.

Il ne savait pas encore qu'elle n'était pas très loin, elle dévalait la pente de la colline située justement derrière la cité des étoiles...

Le jeune vampire aborda la berge sous une rangée de peupliers noirs et de saules. Il se redressa dans les hautes herbes et regarda en haut de la digue les lumières de l'éclairage public qui jetait sa lumière jaune sous les platanes du quai... Il n'était pas encore l'heure de l'extinction de ces grands lampadaires.

28

Le rêve de Véronique

Après le départ de sa fille Alice, Jean quitta Espérance et rejoignit la grande ville du nord où il habitait. Sa femme Véronique l'y attendait.

Véronique rêvait alors que Jean la rejoignait et qu'Alice quittait Éris...

Son rêve la tourmentait car il lui montrait qu'elle avait un choix à faire, qu'elle devait prendre une décision.

Garand l'emmenait dans sa voiture toute cabossée qui était munie d'un gyrophare. C'était normal, car Garand fut flic autrefois.

Ils se rendaient vers un endroit, un bâtiment ancien, une maison bourgeoise, ou un petit château qu'elle connaissait bien.

Voici comment elle pouvait encore le décrire de manière précise, comme Anatole l'avait fait autrefois :

« Elle était magnifique.

Sur le devant, elle montrait trois tours. Un seul étage et les fenêtres mansardées lui donnaient une agréable proportion. Seules les tours possédaient un troisième niveau situé à la hauteur du toit principal

Deux grandes tours rondes encadraient celle du milieu, carrée. Au pied de celle-ci, sous une porte-fenêtre du premier étage, un balcon en pierre surplombait l'entrée principale à laquelle on accédait par quelques marches. Le toit en ardoises des tours se tenait plus haut que celui du bâtiment principal, également en ardoises. Les deux fenêtres mansardées de chaque côté de la tour carrée s'alignaient au troisième niveau avec les petites ouvertures percées dans le mur des tours. Au centre, elles étaient deux à se serrer l'une contre l'autre, accolées au-dessus de la porte-fenêtre donnant sur le balcon. Cette partie centrale comportait, encore au-dessus, une fenêtre mansardée. Au premier, l'ouverture des tours cylindriques et le balcon central encadraient une fenêtre de la façade qui copiait sa semblable du rez-de-chaussée. Deux énormes cheminées s'élevaient à chaque extrémité de cette façade principale qui se prolongeait de chaque côté par un vaste appentis.

L'encadrement des fenêtres ainsi que l'angle des murs étaient sculptés en pierre rouge sombre, friable, mais si belle.

Cette couleur suggéra le noir rougeoiement de la braise sur laquelle on peut encore souffler pour faire repartir le feu sous la cendre... En regardant cette sinistre construction, il pensa à une chauve-souris avec le toit central pour la tête et les deux pointes des tours pour l'angle supérieur des ailes en train de se déployer. »

Garand se gara devant la maison. Elle sortit de la voiture et pénétra dans la maison.

La femme sans visage l'attendait. Véronique était habillée de noir et cette femme était tout de rouge vêtue. Elle lui désigna un escalier en colimaçon qui descend et cette femme sans visage l'emmena en lui disant : « C'est à gauche puis à droite ».

Il y avait aussi un registre pour les obsèques de... Garand !

En descendant elle pensa : « Jean va m'engueuler ! »

L'escalier débouchait sur un hall donnant à l'extérieur. La logique aurait voulu qu'il débouchât dans la cave. Mais les rêves ignorent la logique.

Elle sortit en courant, et retrouva, soulagée, Garand et sa voiture toute cabossée. »

Elle se réveilla en sueur alors que Jean pénétrait dans l'appartement.

Il alluma, ferma la porte d'entrée à clé derrière lui et se dirigea vers la chambre où, le supposait-il, Véronique dormait.

Mais elle s'était réveillée. Elle était encore sous le coup du rêve.

Jean s'approcha du lit et vit que Véronique avait les yeux grands ouverts, écarquillés même…

« Tu ne dors pas ? » s'exclama-t-il.

« Non… Je viens de me réveiller… j'ai fait un cauchemar…

- Ah !? Alors raconte… »

Il s'assit au bord du lit et écouta Véronique…

« Voilà ! » Dit Véronique à Jean, après lui avoir raconté.

« Si j'ai rêvé de Garand c'est qu'il n'est pas loin… Il est de retour. Et pour quoi faire, mon Dieu ?

- Oui, tu as raison. Il doit être de retour… Je crois que le retour d'Alice, qui était prévisible avec le passage de New Horizons au large de Pluton, va déclencher une réaction en chaîne. L'arrivée de Garand sur Terre en fait partie. Quelle sera sa mission ? Je l'ignore également… »

Le rêve de la jeune femme était intéressant et plein d'enseignements.

Elle ne conduisait pas. Elle laissait conduire sa vie par le conducteur qui l'emmenait vers ce lieu. Ce fut le cas dans la vie réelle, dans le passé de Véronique. Son rêve utilisait cette période de sa vie.

Le fait qu'il était question des obsèques de Garand signifiait qu'elle devait se débarrasser de ce personnage. Pourtant il était présent dans son rêve.

Sa crainte de se faire "engueuler" par Jean était aussi significative : il ne serait pas content s'il savait qu'elle descendait l'escalier (au lieu de le monter) et qu'elle le faisait pour retourner se laisser conduire sa vie par Garand. Pour la plupart des gens et particulièrement pour la rêveuse, un policier représente la morale. Ceci est confirmé par le fait que la voiture est munie d'un gyrophare de police. Mais le policier est dans une voiture cabossée. Elle se trouve dans une voiture qui n'est pas la sienne et conduite par un policier. Elle vit non pas selon son Moi, mais selon la morale. Et ce n'est pas bon puisque la voiture est toute cabossée. Elle se laisse diriger. D'autant plus que la morale de Garand n'était pas du tout celle d'un policier, mais pas du tout.

La descente dans l'escalier en colimaçon représente l'acte sexuel (selon Freud l'escalier est le symbole de l'organe sexuel féminin). "A droite et à gauche" représente le choix entre deux... Le fait qu'elle descende montrait que ce coït désiré n'était pas net pour elle.

C'était le moins qu'on puisse dire, car, en fait, elle était encore sous l'emprise de son "entraînement" passé. Elle ne s'en était pas complètement débarrassée. Elle avait été marquée au fer rouge par le désir sexuel.

Parce que la descente de l'escalier peut signifier aussi la descente dans l'inconscient...

Jean et Véronique eurent cette discussion à propos de ce rêve. Ils n'avaient rien à se cacher. Tout était clair entre eux. Pas de secrets.

Et ils s'aimaient.

Ils se préparèrent donc mentalement au retour conjoint d'Alice et de Garand.

En attendant, l'autre Alice, la leur, leur fille, était partie en mission sur Éris pour scotcher là-haut *Ceux du dehors*.

Elle seule avait les capacités de le faire.

En attendant, Jean décida d'user de son pouvoir à lui, celui de traverser les miroirs pour aller demander à Bretagne, son amie, de l'aider à trouver Garand. Juste pour apprendre quelque chose, savoir ce qui se dessinait, avoir quelques éléments de ce que leur réservait ce qu'on appelle l'avenir.

Comme le disait Lovecraft, il y avait conjonction d'étoiles de mauvais augure…

Garand et... Jean

Garand rêvait aussi. En même temps que Véronique. Ils étaient psychiquement liés. C'était d'ailleurs ce que Véronique redoutait le plus.

Mais elle ne pouvait pas être sûre que les intentions de Garand à son égard étaient mauvaises. Donc elle culpabilisait d'en avoir peur. C'était difficile à vivre. Et Jean, son compagnon, le savait.

Son rêve était simple : il était perdu dans la foule (mais de quels êtres était constituée cette foule ?) et cherchait Véronique. Mais il ne la trouvait pas. Son rêve durait longtemps, il marchait loin, très loin, et toujours la foule était présente...

Quand il se réveilla, il se trouvait dans le couloir aux miroirs.

Le couloir du passage vers le monde de M. !

Il en douta, car il avait toujours su (mais qui le lui avait dit ?) que ces passages ne pouvaient être entretenus que s'ils étaient régulièrement utilisés. Mais qui, en dehors de lui, avait pu l'utiliser ?

Jean regardait le miroir et scanda les mots qui faisaient venir Bretagne, celle qu'il avait aidée à Rome à réintégrer le monde des miroirs. La récompense de son travail était d'avoir reçu le pouvoir de la rejoindre, elle et personne d'autre, au-delà des miroirs.

Véronique assistait à la scène, toujours éblouie par ce pouvoir qu'il avait reçu comme gain de son travail de détective.

Bretagne apparut assez vite, toujours aussi jolie, brune et souriante, un sourire communicatif.

« Salut Véro. Alors Jean, quel est ton souhait ?

- Véro a rêvé de Garand. Il doit être apparu quelque part sur la Terre. Je pense au couloir des miroirs de la maison dans la forêt à Zakopane. C'est une hypothèse, car, ce couloir est un passage, et Garand ne peut apparaître que dans un passage.

- Mais je croyais que ces passages ne pouvaient se maintenir que s'ils étaient régulièrement empruntés.

- Je sais. Mais peut-être l'ont-ils été... Ou ce critère n'est pas le seul pour les maintenir... Essayons quand même... veux-tu m'y conduire ?

- OK, viens ! »

La main de la jeune femme sortit du miroir. Il la saisit, froide mais chaleureuse, et elle le tira de l'autre côté...
Ils parcoururent ensemble les dédales de l'espace-temps pour se rendre à Zakopane...

Garand avait commencé à travailler. Plusieurs miroirs étaient ouverts, ils servaient en quelque sorte de porte pour un placard creusé dans le mur dans lequel était installé un appareillage bizarre et très dérangeant. Nulle poignée, nul interrupteur, nul bouton, nul cadran, nul souris et écran... Pourtant Garand avait plongé les mains dans ce formidable fouillis bizarre et travaillait...
Il n'avait pas vu derrière lui, apparaître dans le miroir situé en face de celui derrière lequel il travaillait, Jean et Bretagne qui le regardaient : stupéfaits...
Jean avait un éclat de satisfaction dans le regard, car la présence de Garand donnait raison à son intuition.
Il se recula en tirant Bretagne par le bras, et ils disparurent derrière l'image reflétée par le miroir.
« Bretagne, je vais pénétrer dans ce couloir et tenter de comprendre ce que fait

Garand. Je te demande simplement d'informer Véro, par l'intermédiaire d'Alice, ma fille, de ce que je vais faire. Je ne sais pas où tout cela va me mener. Mais dis-lui où nous sommes allés, et que j'ai tenté un contact avec Garand. »

La jeune femme acquiesça en hochant la tête.

Jean l'embrassa sur la joue et se retourna.

Il se dirigea, vue de son côté, vers la surface verticale brillante comme du mercure que constituait le miroir.

Il enjamba et sauta lestement sur le sol du couloir.

Il était juste derrière Garand qui entendit le léger bruit de son atterrissage et le petit souffle d'air produit.

Il se retourna.

Alice Calmet

Visita Interiorem Terrae Rectificando Invenies Operare Lapidem
(Descends dans les entrailles de la Terre, en distillant tu trouveras la pierre de l'œuvre)

Alice était montée vers les ruines du "château" de la colline qui surplombait la cité des étoiles à Espérance. Elle avait lestement gravi les escaliers qui avaient été aménagés pour le début de la montée, puis le sentier escarpé qui longeait une combe escarpée au fond de laquelle on entendait couler un ruisseau. Les versants de la combe étaient couverts de chênes rabougris ce qui lui conférait un air sinistre. On aurait presque pu entendre hurler les loups.

Elle ne tarda pas à atteindre son but. Elle se retourna alors et regarda Espérance du haut de sa colline. Une ville pour laquelle elle ne pouvait s'empêcher de faire la comparaison avec Innsmouth...
Elle haussa les épaules et se retourna vers la margelle du puits. Elle s'y assit les jambes pendantes vers l'intérieur et, se tenant par les bras sur la margelle, se laissa glisser à l'intérieur...

Si, comme elle le craignait, il y avait conjonction des étoiles, comme l'indiquait Lovecraft, le passage s'ouvrirait et la conduirait vers Éris, le dernier refuge en date de *Ceux du dehors*.

Et ça marcha ! Le fond du puits à sec se mit à la verticale et ondula en prenant la couleur du mercure. Elle traversa cet hymen du multivers...

Elle se retrouva au fond d'un autre puits. Elle savait comment ça marchait et était sûre qu'elle était sur Éris.

Une petite planète glacée située au-delà de la ceinture de Kuiper, impropre à la vie. Mais ce qu'elle ne savait pas, c'était comment Éris lui apparaîtrait... Avec un train, celui du film "*Le Bon, la Brute, le truand*" de Sergio Leone, comme ce fut le cas la dernière fois qu'elle était venue ? Avec, aussi, la maison de Henry Wentworth Akeley, celui de la nouvelle de Lovecraft *Celui qui chuchotait dans les ténèbres* ?

La réalité de Yuggoth (car désormais Yuggoth se trouvait sur Éris) n'était pas celle d'Éris, elle était autre. Elle était celle de *Ceux du dehors* et de leurs commanditaires.

Alice avait le pouvoir de matérialiser cette réalité selon son inconscient. Elle utilisait ses connaissances et sa culture pour créer son monde. Ce qui était prodigieux, c'est qu'elle pouvait y vivre et rencontrer *Ceux du dehors* qui vivaient dans leur réalité à eux. Elle était tout simplement capable de vivre dans deux univers à la fois. Elle partageait cette capacité avec sa mère Véronique.

Elle prit son courage à deux mains et commença à gravir les parois du puits en pierres sèches. Du moins, c'est ainsi qu'il avait pris forme pour elle.

Lorsqu'elle émergea du puits, ce qu'elle vit la stupéfia.

Elle n'était plus dans une zone désertique traversée par un train transportant *Ceux du dehors*, mais au-dessus d'une ville, celle de Providence, avec en son centre, au sommet d'une petite colline, l'Église de Federal Hill, lieux où Robert Blake connut une mort atroce... Comme le relate la nouvelle de Lovecraft *Celui qui hantait les ténèbres... « À l'horizon, s'étendaient les pentes violettes des collines lointaines servant de toile de fond à Federal Hill, à deux miles de distance, où s'entassaient toits et clochers dont les contours prenaient des formes fantastiques au milieu des fumées montant de la ville. »*

C'est ainsi que Lovecraft décrivait ce lieu...

Eh bien Alice n'avait plus qu'à prendre son courage à deux mains et se rendre dans cette maudite église, là, où sans doute, logeaient *Ceux du dehors*...

« *De quoi ai-je peur ? N'est-ce pas un avatar de Nyarlathotep, qui, dans la mystérieuse Khem, prit la forme d'un homme ? Je me rappelle Yuggoth et aussi Shaggaï, et le vide ultime des planètes noires...* »

Ainsi s'exprimait Robert Blake juste avant de mourir :

« *Je la vois... elle vient par ici... tache gigantesque... ailes noires... Yog-Sothoth, sauve-moi !...* »

Elle se rappela également que c'était dans cette même église qu'Anatole se retrouva après avoir emprunté le "passage" vers le monde de M...

Elle sortit du puits et se dirigea d'un pas ferme et décidé vers ce maudit temple...

Les rues de cette ville de Providence située sur Éris étaient à l'image de celles de Robert Blake : ruelles sinistres, sombres et inhospitalières, murs moussus et ventrus.

Au détour d'une de ces ruelles, elle aborda une longue voie très étroite bordée par de hauts murs. Après quelques minutes de marche, elle passa devant une porte qui semblait donner au-delà du mur, à condition, toutefois, de pouvoir l'ouvrir. Il y avait une inscription sur la porte :

Giacomo Rappaccini.... Ce nom lui rappelait quelque chose, une nouvelle de Nathaniel Hawthorne, le descendant du juge du même nom qui fit exécuter cruellement les sorcières de Salem, ou du moins, de pauvres femmes présumées sorcières.

Nathaniel vivait à Salem, ville décadente, très vieille, mais devenue très pauvre. Très vieille, comme pouvait l'être une ville de la Nouvelle-Angleterre, et décadente comme la ville d'Inssmouth, que Lovecraft a mise de nombreuses fois en scène.

Alice tenta d'ouvrir la porte. Elle semblait coincée, mais elle insista et parvint à l'ouvrir. Elle découvrit alors le jardin de Rappaccini, dans lequel il cultivait des plantes vénéneuses dont il avait extrait les sucs mortels pour maintenir en vie sa fille Béatrice...

Elle aperçut « *(...) les ruines d'une fontaine en marbre sculptée avec un art consommé, mais si lamentablement écroulée qu'il était impossible de reconstituer l'aspect de son architecture originale à partir du chaos des fragments subsistants.* »

Elle aurait voulu pénétrer dans ce jardin et rencontrer la morte-vivante Béatrice, mais elle ne savait pas si ce pas de côté était réversible. Il pouvait la conduire en d'autres lieux et, en cela, compromettre sa mission...

Quoi qu'il en soit, l'existence de ce jardin de Rappaccini placé là sur son chemin était porteur de beaucoup de symboles et d'avertissements : les sorcières de Salem ; la Nouvelle-Angleterre, la morte-vivante... Et la fontaine de laquelle jaillissait encore une eau claire qui servait à l'irrigation du jardin... Cette fois, le symbole de la vie. À elle de veiller que la vie ne soit porteuse de mort.

Elle poursuivit donc son chemin et rien ne s'opposa à sa progression vers l'église qu'elle atteignit après une marche d'une demi-heure.

Elle aperçut la masse noire de l'édifice en débouchant de sa ruelle sur la place sur laquelle elle était construite.

Elle était comme posée sur une plateforme située plus haut que le sol des chemins qui y aboutissaient.

Alice se trouvait au cœur du quartier italien de Providence. Dans cette église s'étaient déroulés autrefois des rituels infâmes qui permettaient à ceux qui savaient les exécuter d'entrer en contact avec des entités monstrueuses tapies dans d'autres dimensions.

Elle était entourée d'une grille rouillée. En faisant le tour de cette enceinte, elle savait qu'elle trouverait le portillon d'accès cadenassé, et aussi, que quelques barreaux de la grille manquaient à un endroit, lui permettant de passer de l'autre côté.

Une fois sur la plateforme, elle la contourna, se dirigeant derrière l'abside, sachant qu'elle y trouverait un soupirail qui communiquait avec les sous-sols de la bâtisse.

Elle s'y enfila et glissa dans l'immense cave.

Elle n'avait pas vu ni entendu *Ceux du dehors*. Étant donné qu'elle avait bâti ce monde dans lequel elle se trouvait, qu'elle en était l'auteur, ou plutôt, c'était Lovecraft lui-même qui en était l'auteur, ces créatures monstrueuses ne pouvaient pas se manifester à elle, comme elle ne pouvait pas se manifester à elles... *Ceux du dehors* n'existaient pas dans cette nouvelle de Lovecraft qui avait servi à Alice pour construire en un clin d'œil ce monde dans lequel elle évoluait.

Elle fit comme Robert Blake, elle chercha un vieux tonneau assez haut et le fit rouler sous le soupirail pour s'assurer de pouvoir quitter l'église une fois sa mission accomplie...

Le passage voûté permettant d'accéder à la nef était bien là et elle l'emprunta.

Cette nef avait un aspect surnaturel et les vitraux, qui ne parvenaient pas à l'éclairer car ils étaient noirs de poussière, semblaient représenter des êtres et des scènes inquiétantes.

Elle reconnut le confessionnal moisi dans lequel Anatole s'était endormi dès son arrivée dans le monde de M. et avança du même pas décidé vers l'autel derrière lequel se trouvait l'escalier qui montait dans le clocher.

Elle se dirigea vers l'autel surmonté de sa croix, mais une croix étrange. C'était la *crux ansata* égyptienne ! Dans la sacristie se trouvaient d'immenses bibliothèques qui montaient jusqu'au plafond. Elles contenaient le Necronomicon et tous les livres maudits de Lovecraft.

Elle marcha en direction de la façade qui était surmontée du clocher, le but de sa visite.

Il y avait un escalier qui permettait d'y monter. Elle l'emprunta.

La pièce où elle pénétra comportait quatre fenêtres en ogive. Au centre, un pilier de pierres aux angles bizarres couvert d'hiéroglyphes supportait une boîte dont les ciselures qui l'ornaient représentaient également des scènes et des êtres blasphématoires. Dans cette boîte elle trouva une pierre noire, un polyèdre d'un noir si profond qu'on avait envie de regarder intensément. Ce qu'elle se garda bien de faire, sachant l'effet que cela produirait...

Sept chaises gothiques entouraient cette espèce de monument à la gloire d'on ne savait quelle entité, mais ce qu'on savait, c'était qu'elle était terrifiante et très dangereuse.

Un tas de poussière situé dans un coin de la pièce dissimulait un squelette. L'homme était mort il y avait plusieurs années. Alice n'alla même pas regarder, car elle savait trop bien qui était là, dans sa dernière demeure, terrible demeure.

Si, comme Robert Blake, elle avait scruté le polyèdre, elle y aurait aperçu des scènes étranges et elle aurait déclenché un lien avec cette entité monstrueuse qui semblait hanter ces lieux. Et elle ne pouvait pas déclencher ce lien, car cela aurait mis en échec sa mission.

Elle sortit un mouchoir de sa poche et enveloppa le polyèdre sans le scruter et le rangea dans une autre poche de ses vêtements.

Repartir avec ce polyèdre, c'était rompre le lien entre lui, cette scène qu'elle avait reconstituée, et *Ceux du dehors* qui comptaient l'utiliser pour se rendre à Espérance.

Ce n'était pas trop tard, car son temps à elle ne se déroulait pas de la même manière que leur temps à eux. En fait, le moment qu'elle vivait se situait pour eux bien avant qu'ils n'aient pris la décision de se projeter sur la Terre, sur la place de la cité des étoiles à Espérance.

Elle repartit donc avec cet objet précieux, qu'il était dangereux d'utiliser à l'endroit où elle se trouvait, mais une fois de retour sur Terre, il serait désamorcé et bien utile pour d'autres usages.

C'était Lovecraft lui-même, dans l'appartement de la cité des étoiles où il "logeait" désormais, qui lui avait indiqué la procédure à suivre. On ne pouvait pas avoir de meilleur mentor !

En attendant, elle avait stoppé net le flux qui permettait à *Ceux du dehors* de se rendre à Espérance.

Mais elle ne pouvait pas garantir qu'ils ne parviendraient pas à aller ailleurs sur Terre, sur notre bonne vieille Terre.

Vers le Monde de M.

Jean se tenait derrière Garand, prêt à réagir à une éventuelle attaque. Il ne savait pas vraiment se battre, mais il avait beaucoup d'énergie pour ne pas se laisser faire.

Garand se retourna lentement et reconnut Jean. Il ne put cacher son étonnement.

« Jean ? Mais... que fais-tu là ? »

Jean ricana. Garand s'était trahi : il avouait implicitement que lui-même ne savait pas où il était.

Le détective répondit en souriant :

« Et vous ? Que faites-vous là ? »

Il ne voulait pas le tutoyer. Jean savait le rôle qu'avait joué Garand dans le "dressage" de Véronique. Et il ne l'aimait pas, mais pas du tout. S'il en avait été capable, il l'aurait tué.

Garand se remit vite de sa surprise. Mais, il faut dire qu'il en était pour ses frais, à cette deuxième surprise. En effet, lui aussi se demandait pourquoi il était là. Et, en fait, où était-ce, là où il était ? Il avait pensé être dans le couloir de la maison "hantée" de Zakopane. Il en était presque sûr. Mais ce qui l'énervait, c'était que Jean devait savoir, lui... Car d'où sortait-il ?

« D'où sors-tu ? »

Jean décida de lui faire connaître le pouvoir qu'il avait de traverser les miroirs...

« Je suis sorti d'un de ces miroirs », répondit-il, décontracté, et souriant.

Garand ne put cacher sa surprise. Il était encore en situation de faiblesse. Désemparé...

Il décida de dire la vérité : « Je ne sais pas. Je me suis réveillé ici il y a quelques minutes. Je connais cet endroit et je sais utiliser les armoires cachées par les miroirs. Mais si je suis ici, c'est parce que Ce qui m'a envoyé ici veut que je les manipule. Pour passer de l'autre côté... Qu'en dis-tu ? Tu tentes ta chance avec moi ? »

Jean réfléchit une fraction de seconde. Il était venu ici pour protéger Véronique d'actions éventuellement malveillantes de Garand envers sa femme. Il connaissait l'emprise que Garand avait sur elle. Il ne devait pas le quitter des yeux. Il décida donc de le suivre.

« OK, allons-y... »

Garand acquiesça en hochant la tête et se retourna pour manœuvrer ses appareils. Cela ne dura pas longtemps. Jean tenta de voir ce qu'il se passait devant l'homme qui lui tournait le dos. Mais il n'y parvint pas.

C'était comme si une onde modifiait l'air autour de lui et l'empêchait de voir.

Puis des dizaines de déclics se firent entendre. Tous les miroirs s'ouvrirent, ensemble, comme un signal pour dire : « C'est fait ! »

Garand se retourna et en souriant invita Jean à marcher devant lui, pour emprunter le couloir du temps : celui qui permettait de retrouver le monde de M. !

Jean hésita et posa la question : « Vous êtes sûr que vous pouvez y aller ? Et êtes-vous sûr que ce passage m'est aussi permis ?

- Je ne suis sûr de rien mon pauvre ami. Je ne suis qu'une marionnette de la Trame. Je vais dans ce sens car elle me dit d'y aller. Je ne risque rien de toute façon, je peux seulement me heurter à un mur alors que toi, tu vas passer. Mais que te dit la Trame. Elle te parle ?

- Non... Je ne sais pas ce que c'est... C'est quoi la Trame ?

- Ce qui conduit toutes choses dans tous les mondes. Mais ne crois pas qu'elle t'enlève ton libre arbitre. Elle trace des chemins pour quiconque et ensuite celui ou celle qui l'emprunte agit à sa guise. C'est comme un réseau de métro souterrain. Là c'est un réseau de métro infini qui est "sous" notre monde, il y a des stations, des bouches de métro qui permettent d'y accéder. De fait, quiconque prend une décision face à un choix à faire emprunte telle ou telle bouche de ce métro. C'est cela le libre arbitre…

- Et vous avez pris une décision pour être ici.

- Non, moi, je te l'ai dit, je ne suis que le guide. Ou le contrôleur si tu veux. Je suis là où la Trame me dit de me tenir. Pourquoi ? Penses-tu que tout a une explication, que l'Univers, les univers, sont assez simples pour être à la portée de ta petite intelligence ? Non, tout ne peut pas être expliqué, il y aura toujours quelque chose d'inexplicable. Regarde les sciences de la physique, de la cosmologie et les mathématiques : plus on trouve des réponses aux questions posées, plus nombreuse sont les questions que ces réponses soulèvent. Soit modeste, accepte ta situation. Tu ne pourras jamais tout savoir. On y va ? »

Au cours de leur conversation, tous les miroirs s'étaient refermés silencieusement.

Il tourna les talons et s'élança d'un pas long, mais lent, vers le bout du couloir qui paraissait si lointain à Jean qui hésita un moment, il avait une question à poser :

« Eh ? Si mes souvenirs sont bons, les passages émettent des images terrifiantes pour empêcher les humains de les emprunter. Ce n'est pas le cas...

- Très bonne question. C'est un signe de ton changement de nature. As-tu vu des humains traverser les miroirs, comme tu sais si bien le faire, désormais...

- Mais Alice m'a raconté que lorsqu'elle est allée te voir au bord du Nil, aux abords d'un tel passage, elle avait ressenti cette terreur. Elle a bien plus de pouvoirs que moi.

- C'est parce que ce n'était pas le même passage, pas le même genre de station. Là j'étais sorti, enfin partiellement, d'une très grande station, interdite même aux gens doués de pouvoirs comme la petite Alice. Ici c'est un passage, une station banale, accessible au commun des mortels, qui donc,

doivent être repoussés. Et dont tu ne fais plus partie, sois en bien sûr !
- J'irai bien faire un tour au bord du Nil un de ces jours. Je demanderai à Alice de m'y emmener.
- Comme tu voudras.
- -De toute façon, tu es arrivé directement ici, dans le couloir, c'est à l'extérieur des passages que les fantômes et autres zombies se manifestent pour effrayer les curieux. La terreur qu'ils suscitent est insurmontable. Donc tu ne serais pas là, en fait »

Alors que Garand lui fit un signe de la main, Jean s'élança aussi, prenant son courage à deux mains…

Ils marchèrent un quart d'heure dans ce couloir lumineux où l'on ne devinait pas l'origine de cet éclairage éblouissant, tout en passant devant de nombreux miroirs dans lesquels ils apercevaient des ombres d'un noir profond qui glissaient en même temps que les voyageurs, semblant les accompagner dans leur trajet.

Soudain, en face d'eux, surgit verticalement une surface brillante, semblant être un obstacle à leur cheminement. Mais cette "porte" semblait fluide au point de pouvoir la traverser. Jean en avait fortement l'envie.

Garand se retourna, une fois arrêté, et lui demanda : « Tu la sens la Trame qui te parle ?

- Euh… non…
- Tu ne ressens pas l'envie d'y aller, de traverser ?
- Ah ! oui, c'est vrai…
- C'est la Trame qui te parle. Tu veux y aller ?
- Ce n'est pas dangereux ?

Garand leva les yeux au ciel.

« Tu te crois où, au paradis ? Il n'y a que dans cet hypothétique paradis que rien n'est dangereux, dans la vie tout est dangereux… Aller ! Vas-y ! Suis-moi. »

Et il s'élança et traversa le miroir fluide qui leur bouchait la vue à cet endroit. Il donna ainsi l'exemple à Jean, qui ne manquait pas de courage.

Le détective le suivit.

Et traversa sans encombre.

Pour se retrouver dans un endroit sombre qui sentait le bois moisi. Ses yeux s'habituèrent à l'obscurité qui n'était pas totale. Des rais de faible lumière suintaient autour, semblait-il, d'une porte. Il avança les mains à tâtons et poussa. La porte s'ouvrit.

Dans le champ de vision que lui permettait l'encadrement, il aperçut une rangée de bancs plus ou moins vermoulus, dont plusieurs étaient cassés.

Il avança d'un pas et son pied s'enfonça dans un craquement mou. Le plancher venait de céder. Mais le sol ferme n'était qu'à quelques centimètres en dessous et il libéra sa jambe pour sortir de cette espèce de petite alcôve. Il émergea dans la nef d'une grande église visiblement abandonnée depuis longtemps. Garand, lui, avait disparu !

Il se souvint de ce qu'Anatole avait raconté après son voyage dans le monde de M. Il avait également emprunté le passage de la maison hantée de Zakopane. Et il avait atterri dans le confessionnal de l'église de Federal Hill ! Jean se retourna pour regarder d'où il était sorti. C'était bien le dit confessionnal. Il était bien dans le monde de M. ou du moins, dans une de ses versions...

Retrouvailles !

Anatole marchait dans les rues sombres d'Espérance tout en pensant à Alice. Il avait faim. Faim d'amour et faim de sang.
En fait, il avait le corps du jeune Anatole qu'il était autrefois, quand il était allé dans le monde de M., mais son esprit, sa personnalité, si tant est qu'on peut appeler comme cela ce qui en tient chez un vampire, sa personnalité était double. Il était à la fois lui et Gulla, car ils s'étaient unis en un même corps, pour pouvoir vivre au milieu des humains sans encombre. Tout cela grâce au talent du Drac qui les avait hébergés si longtemps et avait façonné ce nouveau corps juvénile.
Il cherchait une victime. Il avait le choix, c'était traditionnel à Espérance, la nuit les rues étaient pleines de jeunes hommes excités, pleins de violence et de haine.
Le sang des jeunes hommes pleins de violence de haine était bon et goûteux.
Il aperçut un groupe très bruyant qui se tenait sous la lumière d'un panneau d'information électronique de la mairie. Pas gênés de faire autant de bruit en pleine nuit. Mais c'était le seul moyen qu'ils trouvaient pour pouvoir s'affirmer.

Ils se turent en le voyant d'approcher et commencèrent à l'invectiver vulgairement, apercevant, avec jubilation, un petit jeune à l'air très fragile.

Un bras d'honneur, qu'Anatole savait encore très bien faire, fut sa seule réponse.

La scène se situait non loin du fleuve et il s'en retourna vers la berge levant bien haut son geste méprisant et son majeur relevé alors que les autres doigts étaient repliés, signe servant de liaison entre ses diverses versions de la manifestation de son mépris.

Un escalier qui menait à la berge au pied de la digue lui permit de disparaître aux yeux de ses poursuivants.

Il faisait nuit noire, car l'éclairage public était arrêté par mesure "d'écologie et d'économie"...

Mais les jeunes, emmenés par leur orgueil mal placé ne craignirent pas de le suivre.

Mal leur en a pris...

Arrivés au bas de l'escalier, ils ressentirent une espèce de courant d'air froid et instantanément, l'un d'entre eux disparut...

« Ta mère ! Où est passé Ahmed ? » S'écria l'un d'eux terrifié.

Et un autre souffle de vent froid en fit disparaître un autre.

Les autres s'enfuirent en courant, l'un d'eux trébucha dans l'escalier, attrapa la cheville de celui qui le précédait, le fit trébucher et tous tombèrent à la renverse. Deux d'entre eux roulèrent dans l'eau où le froid les saisit, l'autre disparut comme les deux premiers.

Ceux qui étaient dans l'eau furent aspirés vers les fonds du Drac...

Anatole tenait le seul survivant par le cou et le regardait dans les yeux, du sang coulait de ses lèvres.

« Tu veux niquer ma mère ou ma grand-mère ? » Demanda-t-il, un éclair ironique dans les yeux...

Il plongea ses nombreuses dents rétractiles dans la jugulaire du jeune homme terrifié et aspira tout son sang en une seconde. Les dents du vampire étaient fines et très pointues et ne laissaient qu'une trace infime.

Le jeune mourut sur le champ. Quelle chance, Anatole était dans ses bons jours.

Il jeta les corps à l'eau à la bonne intention du Drac qui saurait quoi en faire.

Anatole était presque rassasié.

Une voix féminine profonde retentit au-dessus de lui, du haut de la digue : « Eh bien Anatole, quel festin ! Tu aurais pu partager ! »

Le vampire leva la tête. Il était stupéfié car il avait reconnu la voix !

En un éclair il se trouva sur le trottoir, au bord de la route qui se trouvait en haut de la digue, sous les platanes. Il n'était pas gêné par l'obscurité.

« Alice ? La grande Alice du monde de M. ? C'est toi mon amour ?

- Oui, c'est moi, répondit-elle, un peu froidement à son goût.
- Mais, comment est-ce possible ? Je t'avais perdue dans un passage alors que nous fuyions les "monstres" qui avaient gagné la guerre ! Où étais-tu passée ?
- C'est une longue histoire, comme on dit quand on n'a pas envie de la raconter.
- Mais encore…
- Eh bien j'ai été pris en charge par *Ceux du dehors*, dirigés par je ne sais pas qui, toi tu le sais peut-être, et placée, stockée, devrais-je dire, sur Yuggoth, dont je viens de revenir grâce à un vaisseau spatial des humains.
- Ah ! Tu vois, l'histoire n'était pas si longue que ça ! »

Il sentait une distance entre eux. Il ne comprenait pas la froideur d'Alice, la vampire, à son égard, lui, qui, par amour pour elle, avait choisi de devenir un être de la même espèce.

« Anatole, reprit-elle, j'ai beaucoup à faire. Je dois retourner dans mon mode et y reprendre le pouvoir. Je n'ai que faire de toi. Sauf si tu peux m'être utile pour atteindre mon but, alors tu pourras rester avec moi. Comme disent les humains, je suis prise ailleurs, par mon monde que je dois reconquérir. Je dois trouver le moyen d'y retourner. Es-tu prêt à me suivre, sachant que tu n'obtiendras rien en retour ? »

Anatole était subjugué, il l'était depuis qu'il avait été le compagnon d'Alice, la reine du monde de M.

Il ne pouvait pas dire non. Car ce serait alors une rupture totale, il ne la reverrait plus. Et, peut-être vivrait-il encore des aventures insensées dans la reconquête du monde de M. ?

Il accepta donc, et ils partirent ensemble dans la nuit noire...

Elle avait décidé de se rendre à Zakopane.

Nique ta grand-mère !

Le vieil homme revenait des courses avec son épouse et il fut étonné de voir une concentration de jeunes dans le local à poubelle de son immeuble (à partir du hall d'accès à l'ascenseur on voit le local à poubelles au travers des vitres). Ils étaient tous debout, serrés les uns contre les autres, le regard sombre et plein d'esprit de vengeance. Habitué des squats dans cet endroit il ne s'attarda pas sur cette curieuse image. Pourtant il aurait dû ! Mais il ne savait pas que la disparition des six jeunes de la cité, "consommés" par Anatole, avait mis le feu aux poudres ! Plusieurs rassemblements avaient rapidement dégénéré en combats de rues avec la police. Les gendarmes étaient intervenus et une fusillade avait éclaté. Un jeune du quartier des étoiles, celui où habitait le vieil homme, fut grièvement blessé. Ce samedi-là les gens de la ville venaient d'apprendre que le jeune était mort des suites de ses blessures. Le vieil homme pensait que le parti communiste qui dirigeait la ville depuis plus de 60 ans n'était pas étranger à cette situation de violences urbaines à force d'avoir toujours laissé les délinquants garder le dernier mot sous prétexte d'exploitation capitaliste.

Quelques minutes plus tard, de retour chez lui avec ses sacs Carrefour pleins il entendit des cris, les aboiements habituels, mais bien plus forts en bas de chez lui. Il descendit pour voir, mais il arriva après la bataille : il sentait une forte odeur d'essence. Tous ses voisins de l'immeuble étaient rassemblés visiblement très énervés. Il y avait également un ami : « Que se passe-t-il ? Lui demanda-t-il.

> – Ils ont essayé d'incendier l'immeuble. On les en a empêchés et cela a fini en bagarre ; regarde : ils ont cassé les vitres… »

Ils ont passé la nuit en bas sur le trottoir à monter la garde. La police a fini par venir en tenue de combat et avec un véhicule de la BAC. Un certain nombre de jeunes et de moins jeunes continuaient à rôder par là sans vergogne.

Le vieil homme s'adressa à un groupe (il avait observé la présence parmi eux d'un chef de bande, membre d'une famille très nombreuse d'Espérance) et poliment leur fit part de leurs problèmes. Il n'eut droit qu'à des quolibets et en conclusion :

« On sait ! Les flics sont tous venus nous respirer les doigts pour voir s'ils sentaient l'essence… »

Pas d'élu de la mairie. Le maire prévenu par la police a envoyé... le président de l'association des Algériens qui avait montré une petite agressivité due certainement à son impuissance, sans apporter quoi que ce soit. L'épouse du vieil homme téléphona au maire pour insister auprès de lui afin qu'il vienne montrer son soutien aux gens de l'immeuble. Il vint dans la voiture de son papa qui conduisait... Et sa venue n'apportait pas grand-chose...

Le lendemain dimanche, il neigeait. La fatigue de la nuit blanche se faisait sentir. Néanmoins, le vieil homme se dit qu'il fallait prendre en photo les vitres cassées dans le hall d'entrée. Il se saisit de son appareil Polaroïd, fit quelques photos et, pour admirer la neige tomber, s'avança vers la place sur laquelle les forains remballaient leurs stands. Il avait noté du coin de l'œil un nouveau rassemblement de jeunes dans la coursive du rez-de-chaussée de l'immeuble d'à côté (coursive appelée pompeusement "galerie commerciale" par le premier adjoint, mais dans laquelle aucun commerce n'a jamais tenu face aux agressions de ces jeunes qui en avaient fait leur quartier général). Soudain l'un d'eux sortit de ce couloir en haut des escaliers en briques rouges et l'interpella :

« Quesse tu r'gardes ? Fousl'camp ! »

Il vit alors rouge ! Il s'élança vers le groupe, s'introduisit au milieu d'eux et les interpella verbalement avec une violence certaine dans les mots. Il fut étonné car, au-delà de leur agressivité, il vit dans leur regard qu'ils étaient, quelque part, désemparés... Il leur parla à la figure en envoyant moult postillons... Une maman ouvrit sa fenêtre et appela les jeunes (ou lui ?) au calme. Ils finirent par quitter les lieux.

Le vieil homme retourna donc au bas de son immeuble et sonna chez lui à l'interphone demandant à son épouse d'appeler la police de sa part. Puis, confiant, il se rendit à l'angle pour attendre le véhicule de police.

Celui-ci ne vint jamais...

Lorsqu'il prit position sur le trottoir, il vit arriver la sœur du jeune homme qui venait de mourir. Il s'adressa alors à elle pour lui expliquer ce qui était arrivé. Mais elle ne répondit pas, le visage crispé par une curieuse et profonde inquiétude...

Par contre, quelque temps après, le vieil homme vit arriver deux frères de cette famille très nombreuse d'Espérance... Lorsqu'ils descendirent de voiture devant

lui, il nota le même éclair d'inquiétude dans le regard du plus petit. Il les interpella immédiatement :
« Houahou ! C'est la mobilisation générale !

- Quesse tu fous là ? Tire-toi ! Lui dit le plus gros.
- Calme-toi lui dit son frère. »

Puis en s'adressant vieil homme :
« Reste pas là, tu vois bien qu'il est énervé...

- Je vais te tuer, gronde son gros frère.. Je te nique, je nique ta grand-mère. Enculé... »

Enfin bref, passons sur le langage châtié de ces individus et finalement le gros prit le vieil homme par le bras et l'entraîna vers son domicile en continuant à l'insulter... Il se laissa entraîner un moment puis lui cria dessus comme il savait si bien faire maintenant et le gros le lâcha dans un recul de frayeur... Néanmoins, le vieil homme décida de rentrer chez lui... À peine arrivé, il entendit les premières explosions des vitres des voitures incendiées... Il appela la police, mais il n'y avait qu'un seul agent au commissariat. C'était dimanche. Mais comment ? Après la nuit que les gens du quartier avaient passée, en sachant que les "jeunes" préparaient quelque chose suite au décès de l'un d'eux, on avait laissé le commissariat sans flic ?

Voilà pourquoi le vieil homme ne devait pas être où il était, pourquoi il gênait…

Quelques mois plus tard, l'un des deux frères, le gros, fut arrêté pour attaque à main armée, en flagrant délit. Cela faisait des mois qu'il était pisté par la brigade criminelle. Après les événements de janvier, le vieil homme était allé porter plainte contre lui et son frère. Le procès, suite à sa plainte, eut lieu quelque temps après l'arrestation. Le vieil homme avait demandé un soutien au maire et à ses collègues élus car il connaissait la famille depuis longtemps pour s'en être occupé dans le cadre de ses fonctions, pour un soutien social et un relogement (voyez comment il fut remercié…). Personne ne vint sauf une conseillère municipale qui eut le courage de venir le rejoindre au palais de justice. Plusieurs frères et sœurs du prévenu se trouvaient dans la salle. Le voyou fut introduit par des hommes armés et équipés de gilets pare-balles. Il boitait car il avait été blessé lors de son interpellation. Il passa tout son temps à faire des signes à son frère assis au fond de la salle avec une de ses sœurs ; à tel point que le président du tribunal lui rappela que c'était son procès, et qu'il pourrait au moins s'y intéresser. Le vieil homme fut évidemment appelé à la barre. Son avocat lui avait dit que la condamnation serait difficile car il n'y avait pas de témoins. La victime fut quasiment humiliée par l'avocat de ce gangster. Finalement cet individu fut condamné à deux mois de prison ferme car son frère avait indiqué que "pour calmer" le vieil homme, le gros lui avait tenu le bras pour le conduire chez lui, ce qui rendait plausible le témoignage de la victime... Après l'incendie de vingt-trois voitures en janvier, personne n'a été arrêté, madame la commissaire se plaignant dans la presse de n'avoir eu aucun témoignage. Finalement, le vieil homme fut le seul à avoir fait condamner un dangereux individu pour ces faits...

Espérance ne méritait pas son nom, l'espoir n'y était pas répandu, il y était extrêmement rare. C'était plutôt le désespoir qui dominait largement...

Régulièrement, le vieil homme montait sur la colline située derrière son immeuble. Il pénétrait dans les ruines du château et s'approchait du puits à la margelle toute décomposée par les ans. Il attendait là, debout au bord du trou noir.

Il ne savait pas pourquoi il était amené là par une force fluide, diffuse, légère, mais ferme. Il ne pouvait lutter.

Il fallait une conjonction des astres. Il fallait que Saturne soit dans le ciel juste au-dessus de ce cercle de ténèbres.

Mais pas seulement Saturne. Son satellite Titan devait être aussi en concordance.

Alors, le vieil homme attendait, comme il avait attendu depuis des années et des années...

Et le moment était venu. Le lien était tissé.

Le vieil homme regarda son ombre qui se mêlait à celle du trou béant du puits... Il écarquilla les yeux car son ombre se dédoubla, prit une forme volumineuse en 3D. Une forme épaissie et noire, profondément noire. Qui changea immédiatement, prit des formes invraisemblables, détendit de véritables tentacules qui entourèrent le vieil homme terrifié. L'ombre l'enveloppa complètement, il disparut à l'intérieur, comme un ver dans un cocon. Cette chrysalide sombre et terrifiante engendra, à partir d'un vieil homme, une créature nouvelle, tout entière au service d'une entité lointaine, autrefois "endormie", mais aujourd'hui partiellement libérée.

Dans la boue de Titan

Et finalement de l'intérieur de l'Égypte
Vint l'étrange Être Noir ; devant lui se courbaient les
fellahs.
Silencieux et maigre, énigmatique et fier,
Et enveloppé d'étoffes rouges comme les flammes du
couchant.
(..)
Bientôt au fond de la mer commença une naissance
pernicieuse,
Des pays oubliés aux flèches d'or recouvertes d'algues ;
Le sol fut crevassé et des aurores démentielles
s'abattirent
En tournoyant sur les citadelles tremblantes des
hommes.
Alors, écrasant ce qu'il avait eu l'occasion de modeler,
Le Chaos Idiot balaya la poussière de la Terre.
H.P. Lovecraft
Nyarlathotep *(Fungi de Yuggoth)*

De la surface de Titan on pourrait admirer les anneaux de Saturne car il en était le satellite. Le spectacle devrait être merveilleux. La nature pouvait être si belle, si lumineuse, si colorée... Mais elle avait aussi un autre visage, noir profond, ténébreux, démoniaque...

Et le sort a voulu que ces ténèbres soient situées juste en face de cette merveille colorée et lumineuse.

Mais du sol de la planète-satellite (on peut la nommer ainsi car elle est plus grande que Mercure !) on ne peut pas voir Saturne, car l'atmosphère de Titan est très épaisse. Elle est composée à 98,4% d'azote moléculaire et il y flotte des nuages de méthane et d'éthane qui occupent la proportion complémentaire de 1,6%.

Il y a des vents et des pluies de méthane sur cette planète !

C'est l'arrivée du vaisseau spatial Cassini en 2004 qui permit aux habitants de la Terre (du moins à ceux qui s'y sont intéressés) de mieux connaître la surface de Titan : des montagnes et des cryovolcans, mais globalement, sa surface est lisse et elle ne comporte pas de cratères d'impact d'astéroïdes. Une jeune planète ! Le peu qu'on en connaissait était ce que les astronomes en avaient déduit de leurs observations et ce qu'en avaient exploré les sondes Voyager aujourd'hui si éloignées qu'elles se trouvent dans l'espace interstellaire. .

La sonde Cassini a largué le petit module de descente Huyguens qui s'est posé sur Titan en janvier 2005. Il a analysé le sol et l'atmosphère, pris des photos...

Il s'est posé dans un sol boueux au bord d'un lac de méthane brumeux. La boue était une boue de méthane liquide et de roche ou de glace d'eau.

On sait qu'il y a sous la croûte titanesque un gigantesque océan souterrain, constitué d'eau liquide et d'ammoniac sur une couche de glace sous haute pression.

La sonde Cassini tourne toujours jusqu'en 20 date à laquelle sa source d'énergie sera tarie.

En attendant, elle émet toujours vers la Terre.

Le module Huyguens ne fonctionnait plus. Mais sa présence et son activité à la surface de la planète avait réveillé l'entité qui dormait dans l'océan souterrain depuis des millions d'années. Car pour cette entité, un million d'années c'est comme pour vous, humains, une nuit de sommeil ! Son problème, c'est que l'activité électromagnétique de Cassini, située toujours à proximité l'empêchait de se "lever"….

Mais ne l'empêchait pas d'avoir pris contact avec la Terre et d'avoir pris possession d'un humain, sans pouvoir faire plus étant donné la "paralysie" exercée par les ondes électromagnétiques de Cassini…

76

Le cimetière

Le vieil homme avait pris sa voiture et s'était rendu au vaste cimetière d'une ville de la banlieue.

Les instructions qu'il avait eues de Titan étaient claires. Il devait se rendre dans ce cimetière devant une tombe précise. Enfin, ce n'était pas vraiment une tombe, mais un casier.

Il avait bien connu cet endroit qu'il avait visité alors qu'il était en activité dans les services techniques d'une petite ville, pour savoir de quelle manière la municipalité de la grande ville de banlieue traitait les restes des corps des personnes dont la concession était terminée... Ils avaient créé des petites cases dans lesquelles ils avaient installé les ossements de ces corps qui occupaient beaucoup moins de place, la décomposition ayant fait son œuvre.

Il savait exactement devant quelle case il devait se rendre.

Ce qu'il fit après avoir escaladé lestement le portail du cimetière, cette "possession" l'ayant rendu plus fort et plus leste. Oubliées les raideurs et douleurs de la vieillesse...

Il força la petite porte du casier et ramassa les ossements noircis par la décomposition des chairs qu'il plaça dans un sac précautionneusement.

Personne ne le vit faire cela, et escalader le portail dans l'autre sens.

Il retourna à Espérance, rangea sa voiture dans le parking souterrain et monta sur la colline au-dessus de la cité des étoiles tenant fermement le sac d'ossements.

Arrivé au pied de la margelle du puits, il installa précautionneusement et précisément les ossements humains disposés de telle manière à reconstituer en gros une silhouette humaine.

Puis il se releva et s'éloigna de quelques pas. Il faisait nuit, mais la lumière des étoiles suffisait à sa nouvelle acuité visuelle.

L'attente fut longue. Mais il était patient.

Soudain une Ombre identique à celle qui était devenue sa compagne sortit du puits telle une coulée visqueuse de lave noire.

Le vieil homme psalmodia alors une terrible formule dont le début était :

Y'AI'NGAH

YOG-SOTHOTH

H'EE-L'GEB

F'AI THRODOG

UAAAH

Un vent glacial se mit à souffler venant du fleuve et les chiens se mirent à aboyer dans la nuit…

Mais le vieil homme n'interrompit pas sa formule et la prononça jusqu'au bout.

Per Adonai Eloim, Adonai Jehova, Adonai Sabaoth, Metraton Ou Agla Methon , verbum pythonicum mysterium salamandrae, conventus sylvorum, antra gnomorum, daemonia Coeli God, Almonsin,Gibor, Jehosua, Evam, Zariathnatmik, Veni, veni, veni...

Puis sa voix faiblit et devint un simple murmure. Mais il continuait à psalmodier.

Puis il cria :

DIES MIES JESCHETBOENE DOESEF DOVENA ENITEMAUS

Puis, il murmura de nouveau. Cela dura très longtemps, très longtemps ; Quelqu'un passant à proximité aurait pu aussi entendre :

yi-nash-Yog-Sothoth-he-Iglb—fi-throdag
se terminant par un hurlement: *YAH !*

Alors que ce cérémonial se déroulait, l'Ombre officiait silencieusement.

Cette Ombre s'étala d'abord sur les ossements et une espèce d'ébullition se déclencha, absolument silencieuse. L'Ombre prit une forme humaine, mais consistante, elle perdit cette apparence vaporeuse, bien que ferme, et devint solide, mais souple. Le corps humain ainsi reconstitué demanda encore de longues heures avant de prendre forme, visage et traits d'un homme ayant autrefois existé. Mais le vieil homme était patient. Il attendit, il poursuivit sans fatigue son blasphématoire balbutiement, entrecoupé de mots hurlés vers le ciel..

Quand la créature née de son travail se leva lestement il lui demanda :

« Qui êtes-vous ?

- Joseph Curwen ! »

Répondit l'homme dans un sourire sardonique...

Le vieil homme avait emmené des vêtements, suivant ainsi les directives reçues, et dont il comprit alors l'usage...

Rencontres auprès du puits

Alice (la vampire) et Anatole marchaient, glissaient plutôt, dans la sombre ville d'Espérance. Déserte en apparence, mais partout, dans les recoins retirés, dans les espaces abandonnés, dans les terrains vagues isolés, mais aussi parfois au pied des immeubles dans lesquels les gens se terraient tentant de dormir malgré les cris hystériques de jeunes adolescents drogués ou enivrés, partout des petites bandes de jeunes perdus par la vie, lâchés par elle, révoltés contre ils ne savaient qui, et qui cherchaient dans la violence verbale ou parfois physique, une issue à leur sentiment d'infériorité, de révolte contre ils ne savaient qui, contre les fantômes qu'ils s'inventaient eux-mêmes... Des petites frappes qui empoisonnaient la vie des pauvres gens d'Espérance.

Les deux vampires aimaient cette ambiance, car ils ne la craignaient pas. Ils ne craignaient pas ces pauvres hères dont ils ne faisaient qu'une bouchée quand l'occasion se présentait, et elle se présentait souvent car ces petits cons venaient à eux, croyant voir un couple de parvenus qui n'avaient rien à faire dans cette ville de misère.

La nuit était noire. La municipalité éteignait l'éclairage public la nuit par mesure d'économie.

Pourtant, il y avait plus noir que la nuit.

Le vieil homme se tenait devant eux au détour d'une ruelle, portant avec lui, au-dessus de lui, derrière lui, partout, une Ombre épaisse qui ne les empêchait pourtant pas de le voir.

Anatole montra ses dents, prêt à se saisir de ce vieil homme fragile. Mais ce dernier parla, d'une voix rauque et profonde, inquiétante, même pour deux vampires, et grand fut leur étonnement quand ils entendirent ce qu'il prononça :

« Vous voulez aller dans le monde de M. ?

- Mais… Comment ? Balbutia Alice.
- Oui je le sais, vous voulez rejoindre le monde de M.
- Écoutez, poussez-vous de là où nous allons vous dévorer vif ! Grogna Anatole, pourtant, déjà moins sûr de lui-même…
- Alors, essayez ! répondit insolemment le vieil homme en ricanant. »

Anatole tenta de le saisir, mais l'Ombre l'en empêcha. Comme une force invisible qui s'interposa ; et Alice fut rassurée, car elle voulait en savoir plus. Elle voulait rejoindre le monde de M. et Anatole, lui, ne savait que faire. Aller là ou ailleurs...

La jeune femme (disons, jeune d'apparence) lui tint fermement le bras et s'adressa au vieil homme :

« Continuez : comment connaissez-vous le monde de M.

- Je suis désormais au service de Lui (et il étendit les bras autour de lui désignant cette Ombre) qui n'est pas encore ici, tout en y étant, mais qui viendra un jour quand il sera libéré des bras de Titan...
- Ah ? Et vous savez comment aller dans le monde de M. ?
- Ne pensez même pas y aller en empruntant le couloir de la maison de Zakopane ! Ce passage est définitivement fermé !
- Même ça, vous le savez ? »

« *Ce vieil homme est vraiment au fait des choses. Incroyable* ! songea Alice ! *Nous ne risquons rien de le suivre, s'il a quelque chose d'intéressant à nous montrer...* »

« Bien ! Et vous savez comment vous y rendre ?

- Je sais comment vous pouvez vous y rendre, et particulièrement ce monsieur »

Et il désigna Anatole du doigt.

Cela inquiéta Alice, elle se souvint que la dernière fois qu'ils avaient emprunté le passage ensemble, seul Anatole était passé, et elle avait été expédiée sur Yuggoth… Elle se méfiait… Mais la tentation était forte. Elle calcula que si elle ne pouvait pas passer, ce serait le cas partout où elle le tenterait. Ici ou ailleurs. Et donc tant qu'à faire, il fallait tenter sa chance, surtout qu'elle était accompagnée d'Anatole…

« Pouvez-vous nous montrer ce lieu qui sert de passage ? » Demanda-t-elle brutalement au vieil homme…

Ce dernier baissa la tête, comme à l'écoute de quelque chose ou de quelqu'un…

« Avec qui parlez-vous ? demanda Alice.

- Cela ne vous regarde pas ! répondit-il sèchement…
- Bien alors, répondez à ma question précédente : pouvez-vous nous montrer ?
- Suivez-moi. »

L'homme se retourna, précédé de son Ombre, mais Anatole hésita. Alice se retourna et revint sur ses pas, saisissant le bras d'Anatole :

« Tu hésites ? Tu ne viens pas ? interrogea-t-elle, anxieuse, mais aussi très autoritaire… »

Elle avait eu autrefois une autorité absolue sur le jeune garçon Anatole, avant qu'elle ne l'eût transformé. Mais était-ce toujours le cas avec cette descendance ?

Elle l'avait encore, car sans un mot, Anatole prit le pas en direction du vieil homme qui s'était arrêté et regardait la scène.

Ils marchèrent de concert dans la nuit noire, étrange cortège de monstres qui pourtant n'en avaient pas l'air, au contraire, précédés par une Ombre, plus noire que la nuit et manifestant toutes les caractéristiques de la vie...

Pendant qu'Alice et Anatole étaient rejoints par le vieil homme, Curwen n'était pas resté inactif.

Il descendit lestement le sentier qui menait des ruines du château au bord du fleuve en passant par le centre-ville. Il faisait toujours nuit noire. Mais cette obscurité ne le gênait pas. Il se dirigeait sans problème à la lueur des étoiles, et, en ville, grâce à l'éclairage des enseignes des banques qui illuminaient la place.

Il atteignit le quai. Ici il faisait nuit. L'éclairage public était éteint. C'était tant mieux pour ce qu'il avait à faire. Il regarda la surface du fleuve qui brillait à la lumière des étoiles et de la Lune et esquissa un petit sourire de satisfaction, une espèce de ricanement de bonheur, ses yeux comme illuminés par une jouissance.

« Brown Jenkin, enfin je te retrouve... »

Il descendit le plan incliné qui mène à la berge et qui permet aux barques de se mettre à l'eau et atteignit l'eau du fleuve qui clapotait à ses pieds.

L'incantation qui appelait le rat à parole humaine, le compagnon noir de la sorcière Keziah, était encore présente dans son esprit, et il savait couper le lien qui unissait le rat à la femme diabolique...

Cela fut assez simple. Il posa en haut d'une volée d'escaliers en pierres qui entraient dans l'eau du fleuve une petite poupée extraite de sa poche. Elle était nue et ses cheveux clairsemés. Une belle représentation de la sorcière qui fut impitoyablement écrasée sur la pierre de la plus haute marche pendant qu'il psalmodiait les incantations nécessaires. Puis le silence régna. Son pied une fois retiré, la petite poupée apparut intacte, telle qu'il l'avait sortie de sa poche. Il la ramassa et la rangea à l'endroit d'où il l'avait sortie. Le temps d'attente ne fut pas long. Bientôt, ses yeux de chat distinguèrent une traînée dans l'eau provenant du centre du cours d'eau : une tête de rat dépassant de l'eau traçait ce sillon. Mais cela avait un visage qui mixait l'être humain et le rat. Néanmoins, un spectateur habitué aux promenades au bord de l'eau, aurait cru voir tout simplement un ragondin qui nageait à la surface, comme il y en avait tant.

Brown Jenkin escalada l'escalier et salua :

« Salut Maître ! Heureux de te voir. J'en avais assez de Keziah. Merci de m'avoir délivré.

- Ne sois pas trop rassuré. Tu ne sais pas si ce nouveau maître sera meilleur que l'ancien !

- Je verrai bien. Mais je suis ici en terrain connu… Je te suis volontiers, je présume que nous allons monter sur la colline avec ses ruines et son puits ?

- Tu présumes bien ! »

Ils se dirigèrent rapidement vers le centre-ville. Les « jeunes » du quartier qui passaient toutes leurs nuits dehors, qu'il pleuve ou qu'il vente, lorsqu'ils les aperçurent, bien qu'étonnés, ne furent pas trop surpris, ne se nommaient-ils pas eux-mêmes les « rats de la place » ?

Le couple homme-animal, bien que ni l'un ni l'autre ne fût entièrement ni homme ni animal, parvint au bord du puits sur le site qui dominait toute la ville plongée dans une profonde obscurité et un silence de pierre tombale. Curwen se cacha derrière un pan de mur de pierres sèches menaçant de s'écrouler, suivi par le rat, bavard, qui ne put s'empêcher de demander ce qu'ils attendaient...

« Tais-toi, sale rat ! » Rétorqua Joseph...

Le vieil homme, précédé de son Ombre, marchait d'un pas leste de jeune homme devant Alice, la vampire, et Anatole. Deux créatures de la nuit précédées par un homme possédé...

Curwen ne se montra pas. Le vieil homme montra aux deux vampires l'entrée du puits et, s'adressant à Alice, demanda :

« C'est bien là que vous vouliez aller ? »

Alice hésita. Elle était déçue...

« Non ! Répondit-elle. C'est de là que je viens. Ce "passage" m'a menée ici, comment pourrait-il m'emmener ailleurs ? » Elle ne voulait surtout pas retourner sur Yuggoth...

Mais Anatole prit immédiatement la parole. Il avait senti que ce passage était là pour lui, il en était sûr, il les avait pratiqués tant de fois ces passages, qu'il les sentait de tout son être. Il prit la parole. Avant d'arriver en ces lieux il s'en foutait. Maintenant il se sentait comme aspiré par ce trou noir béant.

« Oui, c'est là que je veux aller ! Je vais emprunter ce passage pour retrouver le monde d'où je viens, j'en suis sûr...

- Mais... répondit Alice, toi sûrement mais pas moi. Toi tu es mort ! Tu es un mort-vivant, tu peux retourner dans le monde de M., le monde d'Anubis, le pays de l'épouvante, où tu seras conduit à l'assemblée des 42 juges ainsi qu'à la Balance, pour que tu connaisses ton avenir... Mais moi, je suis une créature vivante, je suis née vampire, je ne suis pas une morte-vivante, je risque de retourner sur Yuggoth et ça, je ne peux pas le supporter... »

Elle voulait impressionner le monstre, mais Anatole ne l'écoutait plus, il s'élança et bouscula le vieil homme qui réussit à s'esquiver pour le laisser passer. Le mort-vivant sauta dans le puits et tomba un long moment avant de traverser cette surface horizontale brillante comme une nappe de mercure et se retrouva debout dans un tunnel assez étroit, obscur, mais pas suffisamment pour que sa vue de vampire ne vît soudain apparaître une jolie jeune fille aux yeux verts : Alice Calmet !

Mais il ne savait pas que c'était Alice Calmet, il crut qu'il avait devant lui, Alice la vampire, car elles se ressemblaient comme deux gouttes d'eau.

« Alice ? Mais comment as-tu fait pour arriver ici avant moi alors que j'étais le premier à sauter dans le puits ? »

Alice reconnut Anatole. Elle traduisit ses paroles instantanément : elle comprit qu'il la prenait pour l'autre Alice.

« Je suis venue te convaincre de ne pas y aller. Tu ne sais pas ce qu'est devenu le monde de M. Tu devrais remonter avec moi…. »

En disant cela, elle se demanda comment faire s'il répondait à sa demande et qu'ils se trouvent tous les deux devant la vampire... Mais elle voulait protéger son père Jean qui se trouvait dans le monde de M. Cela passait avant tout le reste. Mais Anatole ne s'en laissa pas compter, il ne répondit pas, la poussa sur le côté avec une puissance implacable et s'élança dans le couloir, si vite qu'il sembla disparaître aux yeux d'Alice.

La jeune femme se promit de retourner dans le monde de M. pour aider son père à en sortir. Elle avait la pierre noire qui pouvait peut-être l'aider dans cette tâche.

Mais le fait d'avoir croisé Anatole et d'avoir appris qu'à la surface se tenait Alice la vampire, lui avait créé l'obligation de remonter ce puits pour évaluer cet autre problème.

Quand elle émergea du puits, il n'y avait plus personne...

En effet, alors qu'Anatole avait plongé dans le puits, Joseph Curwen sortit de sa cachette avec son animal de compagnie et interpella Alice, la vampire.

Cette dernière le reconnut et en fut abasourdie !

« Joseph Curwen ?

- Eh oui, ma petite Alice. Me voici devant toi, comme un jeune premier, prêt à t'ouvrir mes bras. Tu ne dois pas entrer dans ce puits sous peine de te retrouver sur Yuggoth. J'ai amené Anatole ici pour nous en débarrasser. C'est fait. Il la prit par le bras et la fit pivoter vers la noirceur de la nuit au-dessus de la ville d'Espérance.
- « Regarde notre nouveau royaume ! C'est par là que tu pourras recommencer la reconquête de ton ancien monde. Veux-tu le réaliser ou seras-tu assez stupide pour laisser passer une occasion pareille ? »

Ses bras se tendirent vers elle, elle se blottit contre lui le visage tendu vers ses lèvres et ils s'embrassèrent passionnément. Quand leurs bouches se séparèrent ils avaient chacun un filet de sang qui coulait sur le menton. Puis, suivis du vieil homme et de Brown Jenkin, ils descendirent de la colline à une vitesse si élevée qu'un être humain qui se serait trouvé là par hasard n'aurait pas pu les voir.

Alice Calmet resta immobile dans la nuit assez longtemps pour être quasiment sûre que personne ne bougeait dans les parages.

Elle hésita : devait-elle retourner immédiatement au puits avec la pierre noire pour aller dans le monde de M. et retrouver son père ou descendre cette maudite colline et aller rejoindre Lovecraft chez Pierre Dagon, en espérant obtenir quelque information de sa part ?

En fait, elle choisit la deuxième solution car elle aurait toujours l'occasion de revenir ici pour emprunter le passage.

Pierre Dagon l'accueillit aimablement. Elle avait bien fait de venir car sa mère Véronique, l'attendait.

Drôle de monde de "M." !

Jean était toujours dans l'église de Federal Hill... Enfin, disons plutôt, un des nombreux doubles de cette bâtisse, quelque part dans une version du monde de M. qui n'était sans doute pas celle qu'Anatole avait connue (et Jean aussi, mais très brièvement...)
Il sortit du confessionnal moisi dans lequel il était arrivé et se retrouva dans la grande nef de l'église.
Il y faisait relativement sombre, mais il pouvait y voir suffisamment clair pour distinguer la rangée de bancs et, au fond, loin de lui, l'autel qui semblait le narguer dans le chœur. Il se retourna et se dirigea vers la porte principale de l'édifice. Il jetait des regards inquiets vers les vitraux desquels aucune lumière ne parvenait... Ou les baies n'étaient pas vitrées ou il faisait nuit « dehors »...
Arrivé au pied de l'énorme porte en bois massif il chercha à trouver une issue pour sortir. Même pas d'interstice qui aurait indiqué qu'il y eût deux battants de porte. Il n'y avait aucune possibilité de sortir de cet endroit !

Il connaissait l'histoire du clocher et de l'entité qui y régnait tout en haut. Mais serait-ce le cas dans ce monde-ci ? De toute façon, monter dans le clocher ne lui permettrait sans doute pas de trouver une issue. Il avait soigneusement ausculté le confessionnal dans ses moindres détails, et n'avait pas trouvé d'autre issue que celle qu'il avait empruntée. À se demander par où il était arrivé !

Il prit la seule décision possible pour lui : retourner dans le confessionnal... Il parcourut la nef dans la semi-obscurité et aperçut au loin la silhouette du confessionnal. Il eut une idée. En effet il réalisa qu'il était arrivé dans le réduit réservé aux fidèles qui se confessaient, et décida d'entrer dans le petit local réservé au prêtre, espace relié à celui réservé au fidèle par une petite fenêtre grillagée munie d'un volet coulissant.

Arrivé devant cette espèce de grande armoire dans laquelle pénétraient des êtres humains, ou, plutôt, dans laquelle ils avaient pénétré, sans doute, il y a longtemps...

Il ouvrit le portillon et pénétra dans l'espace réservé au curé. Il avait l'impression de perpétrer un sacrilège. Il se souvenait quand il venait se

confesser quand il était adolescent et avouait avoir fait des impuretés seul...
Il y faisait très sombre. Il referma derrière lui et une lueur bleuâtre sembla s'allumer dès que la porte fut fermée. Un phénomène étrange se produisit. Il ne se trouvait plus dans un réduit mais dans la pièce d'une maison. Une fenêtre donnait vers l'extérieur. Il semblait faire nuit, mais une nuit éclairée par la pleine Lune...
Il s'approcha et resta bouche bée devant le spectacle qui se présentait à lui. Qui semblait lui être réservé.
La fenêtre donnait sur un espace mal éclairé, au ciel noir sans étoile. Au fond, au-dessus de l'horizon Saturne, la planète géante présentait ses magnifiques anneaux. À couper le souffle !
Un paysage lugubre s'étendait entre l'horizon qui semblait proche et lui-même. Une atmosphère brumeuse éclairait chichement une plage désespérante et une mer dont le liquide brillait faiblement d'un éclat métallique.
Parfois, un remous indiquait qu'une chose baignait dans ce liquide et bougeait. Un son lugubre résonnait dans sa tête. Il se boucha les oreilles avec les doigts mais le son persistait.

Ses connaissances en astronomie lui indiquèrent que cet endroit pouvait être Titan, vu que la planète énorme visible au-dessus de l'horizon était à coup sûr Saturne…

Il se souvint aussi que depuis que Pluton avait été photographiée par la sonde New Horizons, les astronomes avaient donné des noms aux structures géologiques de la petite planète. Ainsi ils avaient baptisé une région constituée de terrains sombres et anciens, « *Cthulhu Regio* »…

Jean tourna le dos à la fenêtre et regarda la pièce où il se trouvait. Il pensait être dans le monde de M., enfin du moins, celui qu'il avait connu. Il savait que ces mondes étaient malléables, ils prenaient la forme que ceux qui les créaient voulaient bien qu'ils prennent. Et que tout cela avait un but, mais il ne savait pas lequel, bien sûr…

Il était sûr d'avoir croisé Alice. Du moins son ombre aperçue au travers de l'espace-temps. Elle était passée au même endroit que lui, mais dans une autre dimension.

Pourtant, il se souvenait bien qu'Alice, sa fille, était partie en mission sur Éris pour fixer là-haut « Ceux du dehors », afin qu'ils n'interfèrent pas dans leur quête... Mais là, il ne se trouvait pas sur Éris, mais sur Titan. Peut-être que Federal Hill, était une espèce de station dans laquelle on pouvait changer de train pour aller dans un monde ou un autre. Et qu'il y avait aperçu Alice au travers d'une cloison de verre qui séparait son couloir du sien.

Il avait confiance en elle. Il connaissait ses pouvoirs et sa force. Cette jolie jeune fille aux yeux verts, derrière son apparente fragilité, cachait une énorme capacité à se mouvoir dans l'espace-temps. Il savait qu'elle le retrouverait...

Après avoir mûri sa décision, il se dirigea vers la porte de la pièce où il se trouvait, une pièce complètement vide, et en sortit immédiatement. Un long couloir comme il en connaissait déjà tant le conduisit à un escalier qui lui permit d'accéder au rez-de-chaussée...

La porte qui donnait vers l'extérieur l'attira comme un aimant attire la limaille de fer. D'ailleurs sa silhouette se désagrégea quand il s'élança pour se reconstituer dès qu'il fut debout devant la sortie.

Jean hésita juste une seconde. Il tendit la main, et tourna la poignée. La porte s'ouvrit d'elle-même...

Il fit un pas, et vit qu'il avait une volée de marches à descendre. Ce qu'il fit... Le paysage devant lui était tout autre que celui qu'il avait vu par la fenêtre de la pièce du premier étage. Cette fois, il se trouvait dans un site bucolique, dans un bosquet d'arbres au centre duquel se trouvait la maison que Véronique connaissait si bien. Entre la végétation, il apercevait de grands prés sur lesquels broutaient des bovins à la robe blanche...

Il se retourna devant la maison et la regarda avec un mélange de terreur, d'attirance et de lucidité.

Elle était magnifique.

Sur le devant, elle montrait trois tours. Un seul étage et les fenêtres mansardées lui donnaient une agréable proportion. Seules les tours possédaient un troisième niveau situé à la hauteur du toit principal

Deux grandes tours rondes encadraient celle du milieu, carrée. Au pied de celle-ci, sous une porte-fenêtre du premier étage, un balcon en pierre surplombait l'entrée principale à laquelle on accédait par quelques marches. Le toit en ardoises des tours se tenait plus haut que celui du bâtiment principal, également en ardoises. Les deux fenêtres mansardées de chaque côté de la tour carrée s'alignaient au troisième niveau avec les petites ouvertures percées dans le mur des tours. Au centre, elles étaient deux à se serrer l'une contre l'autre, accolées au-dessus de la porte-fenêtre donnant sur le balcon. Cette partie centrale comportait, encore au-dessus, une fenêtre mansardée. Au premier, l'ouverture des tours cylindriques et le balcon central encadraient une fenêtre de la façade qui copiait sa semblable du rez-de-chaussée. Deux énormes cheminées s'élevaient à chaque extrémité de cette façade principale qui se prolongeait de chaque côté par un vaste appentis.

L'encadrement des fenêtres ainsi que l'angle des murs étaient sculptés en pierre rouge sombre, friable mais si belle.

Cette couleur suggéra le noir rougeoiement de la braise sur laquelle on peut encore souffler pour faire repartir le feu sous la cendre... En regardant cette sinistre construction il pensa à une chauve-souris avec le toit central pour la tête et les deux pointes des tours pour l'angle supérieur des ailes en train de se déployer.

Il y retourna, sachant confusément que le paysage extérieur n'était qu'une illusion : il avait bien vu autre chose en regardant pas la fenêtre tout à l'heure.

Quand il se retrouva à l'intérieur, le décor était de nouveau différent. Il y avait un grand hall, en surface et en hauteur, avec un escalier monumental. En levant les yeux au plafond, il s'aperçut qu'il n'y en avait pas : le toit s'était effondré et on voyait encore quelques débris traîner au sol. Mais pas autant qu'il y en aurait eu quand le plafond s'était écroulé.

Cela lui mit la puce à l'oreille : c'était une mauvaise mise en scène...

Il se dirigea à côté de l'escalier pour découvrir ce qu'il cachait. Un accès aux sous-sols...

Jean emprunta l'escalier qui y menait...

Il fallait bien faire quelque chose !

La cave était sombre mais toujours vaguement éclairée par cette lueur métallique, cette impression de noirceur, oui, c'était plutôt une noirceur qui éclairait les lieux. L'explorateur qu'était devenu Jean, passa rapidement d'un décor de cave de maison bourgeoise à un décor de caveau, une espèce de lieu gothique digne des films de la Hammer... Il sembla reconnaître le décor du film de James Whale « La Fiancée de Frankenstein ». La même crypte dans laquelle le monstre en fuite se réfugie et où il voit une femme morte et lui dit : « Ami » en lui passant la main devant les yeux. Ce n'était pas un film de la Hammer, mais de l'Universal !

Il eut ainsi la confirmation que le décor était bien monté.

Dans cette crypte, il découvrit un cercueil en pierre dont le couvercle était tombé et s'était brisé en deux morceaux. Il jeta un coup d'œil à l'intérieur et sursauta en reculant vivement… Anatole y gisait, les mains en croix et les yeux fermés.

« Nom de Dieu ! » S'exclama Jean. « Que fait-il là celui-là ? »

Retour à Espérance

Alice embrassait sa mère tout heureuse de la retrouver là.

« Où est papa ? », demanda immédiatement Alice à Véronique.

« Je ne sais pas. » Répondit sa mère. Et elle lui raconta comment Jean avait pris la décision de partir à la recherche de Garand.

« Je pense que tu devrais solliciter Bretagne. Ton père a dû l'appeler pour emprunter le chemin des miroirs. Le seul chemin possible pour atteindre Garand s'il est revenu dans notre monde. Moi je ne peux pas le faire et Bretagne ne peut pas se manifester si tu ne montres pas ta présence dans les miroirs... Allez ma fille, au boulot ! »

Alice se plaça devant un miroir et attendit quelque temps. Bretagne ne tarda pas à se manifester et lui raconta comment elle avait accompagné son père qui avait décidé de rejoindre Garand qui l'avait entraîné dans le monde de M.

Alice décida alors de courir au secours de son père. Il lui serait facile de le retrouver avec la pierre noire qu'elle avait amenée de Federal Hill...

Mais elle était très fatiguée. Elle avait besoin de repos. Elle profita de cette pause imposée pour aller questionner Lovecraft.

La chambre de la cité des étoiles était une petite chambre comme toutes celles de cette cité.

Elle était encombrée de très nombreux appareils qui étaient branchés à un cylindre et un grand écran plasma qui s'alluma dès qu'elle entra. Un portrait d'Howard Phillips Lovecraft apparut, un portrait vivant qui souriait de plaisir de voir la jeune fille aux yeux verts.

« Bonjour Howard, heureuse de te revoir !

- Bonjour Alice. Moi également.

- Depuis ton retour de Yuggoth, tu n'as pas eu envie de te remettre à l'écriture ?

- Non ! Je n'en ai plus envie. Je laisse le soin à Pierre Dagon de poursuivre le développement de mon avertissement à l'espèce humaine. J'ai trop à faire pour m'informer de la complexité de ce monde et de vous aider à faire face aux entités démoniaques qui le menacent. Toutes mes histoires, reprit Lovecraft, même si elles n'ont aucun rapport entre elles, se rattachent à une tradition, une légende fondamentale selon laquelle ce monde a été peuplé autrefois par les êtres d'une autre race ; adeptes de la magie noire, ils ont perdu leur emprise sur cet univers et en ont été bannis, mais ils continuent à vivre au-dehors et sont toujours prêts à reprendre possession de la Terre. En fait, après réflexion, je trouve qu'il est indéniable qu'il existe dans les conceptions que j'expose dans mes œuvres une ressemblance avec le mythe chrétien. Que veux-tu, on ne se refait pas... Pourtant, ce qu'il y a de plus pitoyable au monde, c'est, je crois, l'incapacité de l'esprit humain à relier tout ce qu'il renferme. C'est pourquoi je suis très heureux de vous avoir rencontré toi et ta famille, car vous possédez cette capacité. Dans mon récit « L'appel de Cthulhu », je découvre l'existence d'un « Culte de Cthulhu »... Malheureusement, mes exécuteurs testamentaires ont fait de ce culte pas moins qu'un Mythe qui n'existe pas ! Mais je suis trop bavard, ma petite Alice ; qu'est-ce qui me vaut le plaisir de te voir ?

- J'aimerais que tu utilises tes connexions avec le monde actuel pour m'informer de ce qui se passe à Espérance. Car j'ai émergé du puits il y a quelques minutes, et j'y ai senti comme une énergie mortifère, une odeur de revenant, une énergie noire, comme celle que tu as décrite dans « L'affaire Charles Dexter Ward »...
- Ah ! Une seconde, je vois ça instantanément... »

Après quelques secondes, HPL reprit la parole.

« Oui, effectivement, j'ai noté une modification des équilibres énergétiques sur la colline du « château » au-dessus de nous. Les capteurs qui ont été installés par Pierre Dagon, m'indiquent trois pics d'énergie qui sont apparus il y a quelques heures. D'autre part, les caméras de surveillance de la commune m'ont indiqué le retour des vampires dans cette ville puisque plusieurs humains de la vie nocturne de la ville ont été vidés de leur sang. J'ai vu la présence d'Alice la vampire et d'Anatole dans les rues qui suivaient un homme âgé visiblement sous l'emprise d'une entité sombre et démoniaque car muni de plusieurs ombres dont l'une est carrément indépendante de lui ! Enfin, j'ai vu redescendre de la colline, Alice la vampire avec cet homme et Joseph Curwen. Ce dernier était bras dessus bras dessous avec la vampire. Mais Anatole n'était plus présent ! Je sais bien que l'éclairage public est éteint. Mais il reste les éclairages des vitrines des banques et certains magasins, et certaines caméras sont à infrarouge. Alice, je crois que l'heure est grave !

- C'est sûr. Très grave même. Il est trop tard pour empêcher le couple diabolique de mettre en œuvre ses projets. Je dois avant tout récupérer mon père qui a sans doute été éloigné de cette ville maudite pour que je vole à son secours et en attendant, le trio maudit va pouvoir poursuivre son projet. Je redoute le pire pour cette ville, qui servira sans doute de base d'expansion après avoir été asservie ! Howard, je te quitte, le devoir m'appelle.

- - Bon courage ma belle et mes amitiés à tes parents... »

Alice retrouva sa mère et lui rapporta les informations apportées par Lovecraft.

« Il faut agir vite, s'écria Véronique !

- Oui, maman. Je vais utiliser la pierre noire, regarder dedans, je cours un risque, mais je ne vois pas d'autre solution...
- Tu me fais peur ! »

Alice sortit la pierre de son sac et la leva vers le luminaire du plafond pour mieux l'éclairer et la regarda en face, si on peut dire, les yeux dans les yeux, avec une détermination farouche. Les noires profondeurs qu'elle y vit, et les masses vivantes et horribles qui s'y mouvaient, ne l'impressionnèrent pas, alors qu'elles auraient rendu fou un être humain normal. Elle devait chercher son chemin dans cet espace nouveau, y entrer et le parcourir, en dresser la topologie, mesurer l'espace-temps, compter les dimensions, vérifier la métrique, peut-être s'écouler dans une des dimensions, de la cinquième à la dixième, dimensions microscopiques, que les humains ne sauraient atteindre ou voir, mais qu'elle détectait parfaitement...

Elle partit donc sur ce chemin, comme le pèlerin qui part à Saint Jacques de Compostelle...

Pendant qu'elle regardait et qu'elle préparait son corps à une expédition dans l'espace-temps, elle réfléchissait aux informations données par Lovecrat. Pourquoi son père avait-il été écarté des événements qui s'étaient déroulés cette nuit à Espérance ? Elle finirait par le savoir... C'était peut-être lui la clé de tous ces problèmes ?

Elle se rappela aussi qu'elle aurait dû se reposer. Mais ce serait pour une autre fois : l'heure était grave...

Le Maître des univers

Alice se trouva dans une espèce de tunnel, du moins quelque chose qu'elle percevait comme tel, car, elle n'aurait pu le décrire.
Cela ne dura pas longtemps, elle se retrouva soudain debout dans un paysage sombre et lunaire (comme on dit). En fait, cela n'avait rien à voir avec la Lune car elle ne voyait pas le ciel et ses étoiles. L'atmosphère était brumeuse. Elle ne savait pas si elle était respirable, car quand elle « voyageait ainsi, elle ne retrouvait pas son corps intégralement, c'était son corps virtuel. Où était son « vrai » corps » ? Elle ne le savait pas non plus...
Elle regarda autour d'elle et se vit sur une plage au bord d'un plan liquide... Comme elle n'avait pas de corps, elle ne pouvait pas toucher pour sentir. Elle se retourna et vit une maison, un immeuble plutôt, cet hôtel du film de Kubrick tiré du roman de Stephen King *Shining.* Cela ne l'étonna pas trop, mais ce qui la fit sursauter, c'était qu'elle vit Saturne au-dessus de la bâtisse. Elle était de grande dimension avec ses anneaux vus légèrement de côté. Elle se trouvait sur Titan ! Ce satellite de Saturne. En fait, cela était aussi une mise

en scène, car elle savait bien que sur le « vrai » Titan, l'atmosphère du genre smog de couleur orange de Titan ne lui permettrait pas de voir Saturne. Sauf si elle était au pôle Nord en altitude... C'était peut-être le cas !

Elle prit donc la décision de se diriger vers *Overlook,* l'hôtel hanté du roman de Stephen King. Ce dernier avait eu une suite d'ailleurs, dont le titre est Docteur Sleep, dans lequel, Danny, l'enfant lumière de *Shining* est devenu grand et pourchasse une espèce étrange de vampires...

Elle s'approcha à grands pas. Elle passa devant l'aire des animaux sculptés dans le buis avec, bizarrement, une peur au ventre, la peur de les voir prendre vie...

Elle entra par la grande porte d'entrée style 1900...

Ce qu'elle vit à l'intérieur n'était pas un hôtel. Cela ne la surprit pas. Elle se souvenait de son voyage sur Yuggoth, elle y avait également trouvé une mise en scène de cinéma...

Ici, elle se trouva dans une salle en forme de gigantesque sphère de plusieurs dizaines de mètres de diamètre dont la paroi était recouverte d'écrans sur lesquels s'animaient des images. Pour certains. Mais sur d'autres on y voyait, semblait-il défiler des chiffres, ou des graphiques.

Une passerelle enjambant le vide menait vers une plateforme où se trouvait un homme assis devant un pupitre et un écran. L'homme était de dos, mais elle sentit en elle monter l'angoisse habituelle : elle crut reconnaître Garand ! Elle stoppa net sa progression. Et attendit.

Une espèce de bourdonnement, de brouhaha dans lequel elle crut discerner des paroles, de la musique, des bruits divers, mélangés mais néanmoins distincts...

L'homme au pupitre se leva et se tourna vers elle. C'était bien Garand !

« Ne bouge pas ma petite Alice, j'arrive : »

Et il s'approcha d'un bon pas, mais il dut quand même mettre un certain temps tellement il était loin.

Lorsqu'il fut arrivé devant elle, il ne lui tendit pas la main. Il évita tout contact. De toute façon, Alice, ne les souhaitait pas...

« Ah ! Je vois que tes pouvoirs se sont affûtés. Venir ici n'est pas facile... Comment as-tu fait ? Dit-il en riant.

- Allez, ne dit pas de bêtise, tu le sais bien, puisque tu sais tout ce qui se passe partout… C'est d'ici que tu surveilles tous les univers… ??

- Allez, ne sois pas de mauvaise humeur avec ton père !
- Je ne sais pas si tu es mon père. Même si je sais que tu as couché avec ma mère…
- Je pense que je le suis autant que celui que tu désignes de ce nom : Jean… C'est lui que tu recherches, d'après ce que je sais…
- Oui.
- Les nouvelles sont mauvaises, je le sais.
- Oui, Curwen est de retour sur Terre. Un homme d'Espérance semble habité par une entité qui se trouve ici, sous le sol de Titan, dans les eaux souterraines, alors qu'à la surface règne le froid et le seul liquide qu'on trouve dans l'océan est un mélange de méthane et d'éthane…
- Il y a ton sosie Alice aussi, et Anatole qui a disparu on ne sait où…
- Connais-tu l'entité qui règne dans les sous-sols de ce satellite de Saturne ?
- Oui, c'est **Nyarlathotep**. Le messager des autres Dieux vers le monde des hommes. Il se manifeste

comme l'Homme Noir des sorcières...
Le Chaos rampant.

- Ah ! C'est pourquoi Curwen le grand sorcier est revenu à la vie. Mais quels sont les buts de Nyarlathotep ?
- Son but est de rejoindre la Terre. Il est bloqué ici depuis des millions d'années, endormi, inconscient, il n'y a pas de mot pour indiquer son état. Mais il a été « réveillé » par les émissions électromagnétiques de la sonde Cassini qui sont des artefacts énergétiques. Mais je ne comprends pas, il est réveillé, mais bloqué ici. Il essaie donc de maîtriser des entités (êtres humains, autres êtres vivants) sur Terre pour préparer sa venue. Il veut prendre le pouvoir par délégation.
- Je vois ! Cela explique tout ! Maintenant que je sais cela, je perds mon temps ici. Je dois retrouver vite mon père pour qu'on retourne ensemble à Espérance. C'est cette ville que Nyarlathotep a choisie pour sa base de départ. »

Un ombre passa dans les yeux de Grand quand Alice parla de son « père ». Mais il surmonta vite sa déception...

« C'est moi qui t'ai fait venir ici, car je sais qui tu cherches.

- Ah ? Quelle grandeur d'âme.
- Pense ce que tu veux, mais sache et retiens que je ne suis pas comme vous, toi et les humains.
- Tu es quoi alors ?
- Je te l'ai déjà dit quand nous nous sommes rencontrés au bord du Nil : je ne peux pas te le dire car je n'en sais rien… Mais si tu veux retrouver Jean tu dois retourner dans l'église de Federal Hill…
- Quoi ? Mais j'en viens déjà ! Et comment vais-je retrouver mon chemin ?
- C'est lui qui te trouveras !
- Autrement dit c'est toi qui m'y conduiras par tes micmac ! »

Il ne dit rien, mais sourit pour acquiescer.

L'image de Garand commença à trembloter, à sauter, comme dans les vieux films, quand la dent du projecteur sautait sur les petits trous de la pellicule..

« Ça va pas recommencer ? Tu vas pas encore disparaître ? S'inquiéta Alice.

- Non, pas tout de suite, j'ai encore un peu de temps, je voudrais t'expliquer quelque chose. Enfin "expliquer" est un bien grand mot. Attends-moi, je reviens de suite. »

Il retourna sur son poste d'observation et manipula divers objets qu'Alice ne put distinguer car il était loin et il tournait le dos.

Il revint à grands pas alors que son pupitre se dissolvait dans l'air et la passerelle derrière lui faisait de même au fur et à mesure qu'il avançait... Il se planta devant elle alors que son image sautait toujours et parla.

« Tu sais ce qu'est l'espace-temps ? Enfin, vous les humains du XXIe siècle, vous savez quelque chose là-dessus et vous croyez tout savoir... Je ne veux pas te faire un cours de physique, mais je veux que ma fille comprenne ce qu'elle est et ce qu'elle fait. Moi-même, qui suis « d'ailleurs » je comprends beaucoup de choses mais je ne suis pas maître de mon destin, pas complètement. Et toi non plus...

Au début du siècle dernier, vous avez découvert que l'univers (le vôtre, mais il y en a beaucoup d'autres) était en expansion. Quel choc ! Alors que tout le monde croyait qu'il était statique, stable depuis la Création, depuis que Dieu l'avait créé... Eh bien non !

Ensuite, vous avez découvert que les atomes n'étaient pas indivisibles et que l'espace n'était pas fixe, mais "tordu" par la gravité… Cela faisait beaucoup de chocs ! D'une part, la Terre n'était plus le centre du monde, et l'être humain non plus, et la matière pas ce que vous croyiez qu'elle était…

Certains chez vous envisagent aujourd'hui que le responsable de l'expansion de l'univers est l'énergie du vide.

Les effets de l'énergie du vide sont observés expérimentalement, par exemple, par l'émission spontanée, l'effet Casimir, ou le décalage de Lamb…

D'où vient l'énergie du vide ? De ce que vous appelez des particules virtuelles qui apparaissent et disparaissent constamment. Le vide ce n'est pas RIEN, c'est QUELQUE CHOSE ! L'espace-temps c'est ne pas le néant, c'est QUELQUE CHOSE !

Un dénommé Heisenberg a découvert ce qu'on appelle les inégalités d'Heisenberg, ou l'*incertitude* du même…

Cela se résume à une petite équation de rien du tout : $\Delta p \times \Delta x \geq h/4\pi$

« h » est la constante de Planck, elle définit le seuil de ce qui ne peut pas être plus petit quand on va vers l'infiniment petit…

Que dit cette petite équation de rien du tout ? Qu'on ne peut pas connaître à la fois l'emplacement et la vitesse d'une particule, si on connaît l'un on ne connaît pas l'autre... Il n'existe pas de trajectoire, au sens classique du terme. Dans notre espace de vie, on peut définir un point (une position) et une tangente (donnant la vitesse), mais ici le point est flou et la tangente est folle !

Ou on mesure l'énergie, ou on mesure le temps...

Par exemple : on sait faire passer un électron (car c'est une onde, un paquet d'onde) en même temps dans deux trous différents à la fois. C'est l'expérience des fentes de Young. On sait que ça se passe comme ça, parce qu'on le mesure indirectement, grâce aux interférences produites par l'onde de cet électron sur un écran. On regarde donc l'effet, mais pas l'électron lui-même. Mais si on regarde l'électron lui-même, hop ! il ne passe plus par deux trous à la fois mais par un seul... Pourquoi ? Parce qu'en le regardant on lui a donné une position exacte, et donc l'inégalité d'Heisenberg ne marche plus, l'électron a changé de monde il appartient désormais à notre monde macroscopique... Ce n'est plus une fonction d'onde ψ, mais un point ! Car quand c'est une fonction d'onde, ce point n'existe que sous forme d'une probabilité donnée par ψ^2 ! Il devient une espèce de "nuage" dans lequel, il existe plus ou moins partout !

Sache que p est la quantité de vitesse, l'impulsion, soit p= mv, donc notre équation devient : $\Delta v \times \Delta x \geq h/4\pi m$.

Or m, la masse, est très importante dans notre monde par rapport à h qui est égal à $\approx 6,626\ 040\ 040 \times 10^{-34}$ J·s.

Ce chiffre c'est 6626040040 après 34 zéros après la virgule ! On ne peut pas faire plus petit, c'est le "grain" d'énergie de la mécanique quantique.

D'où l'impossibilité de faire fonctionner ces équations dans notre monde macroscopique. C'est gênant ce truc, hein ? Ben oui ça l'est. Mais vous verrez, vous réussirez un jour la grande unification de la physique quantique des champs et de la gravité !

Le vide n'existe pas je te disais. C'est le point zéro de la fluctuation quantique. Mais le point zéro de la fluctuation quantique n'est pas le néant, car, justement, comme les particules sont des fonctions d'ondes, elles naissent spontanément du vide et disparaissant en s'annihilant.

Une autre inégalité d'Heisenberg :
$\Delta E \times \Delta t \geq h/4\pi$

Quand les particules apparaissent, leur ΔE est précisément défini (de même d'ailleurs que leur position), et hop, plus d'inégalité, elles rejoignent le monde macroscopique, mais ne peuvent y rester, car elles sont virtuelles, et retournent dans le "vide". Tout cela est énergétique ? Petitement, mais énergétique quand même. Et à l'échelle de l'univers c'est énorme.

Cette énergie du vide structure donc votre univers. C'est par là que nous passons toi et moi pour nous déplacer, dans notre univers, pour toi, et entre tous les univers pour moi, c'est encore autre chose, mais je suis à ton service, même à ton insu ! Pfuit, comme ça ! »

Et hop, il disparut d'un coup d'un seul !

124

Federal Hill

Alice ferma les yeux en soupirant. Une fois de plus, Garand s'éclipsait sans crier gare. La première fois, au bord du Nil, elle avait cru qu'il lui mentait quand il disait qu'il n'y pouvait rien de disparaître. Il lui avait même dit : « Non, je ne suis pas entièrement ici... Donc tu ne me vois que partiellement... »

« Ça doit être son histoire de "fonction d'onde et de probabilité"... » Soliloqua-t-elle en ouvrant les yeux...

Et ce qu'elle vit la stupéfia : elle n'était plus dans cette gigantesque sphère, non, elle était de nouveau dans Federal Hill. Elle se trouvait en haut de la tour, là où elle avait trouvé le polyèdre, la pierre noire.

Elle se trouvait dans la pièce aux quatre fenêtres en ogive, avec, au centre, le pilier de pierres aux angles bizarres couvert d'hiéroglyphes supportant une boîte dont les ciselures qui l'ornaient représentaient des scènes et des êtres blasphématoires.

Les sept chaises gothiques entouraient toujours ce monument à la gloire d'une sombre entité terrifiante et très dangereuse.

La pierre n'était plus dans la boîte puisque c'était elle qui l'avait prise. Elle alla quand même vérifier. En effet, la boîte était vide. Elle se garda bien de sortir le polyèdre de sa poche, car elle savait que le scruter ici la renverrai à des liens ignobles, maudits, blasphématoires. C'était trop dangereux. Elle pourrait de nouveau la consulter en dehors de ce lieu…

Le tas de poussière qui abritait le squelette était toujours dans son coin.

Elle prit la seule décision qu'elle pouvait prendre : redescendre dans la grande nef de l'église. Elle songea de nouveau au journal vidéo d'Anatole qui racontait à son psychiatre, Louis Maville, son arrivée dans le monde de M. par ces lieux qui en constituaient l'entrée à l'époque. Mais, depuis, beaucoup de choses avaient changé.

Elle parvint non sans mal à descendre du haut du clocher. Il régnait une luminosité étrange dans la nef. Elle était plus lumineuse que lors de son dernier passage, juste un aller et retour qu'elle avait pu faire. Mais comment allait-elle s'y prendre pour repartir cette fois ?

Elle avait toujours en tête le témoignage d'Anatole et se souvint qu'il avait raconté qu'il était arrivé ici par le confessionnal du bâtiment religieux.

Elle décida donc de suivre son intuition et se rendit dans cette grande armoire en bois vermoulu que constituait le confessionnal avec sa porte du milieu et ses deux entrées de chaque côté pour les pêcheurs.

Seule la porte du milieu cachait ce qu'il pouvait se tenir derrière elle.

Elle s'approcha, tendit la main et ouvrit la porte.

Le confessionnal émit un hurlement strident qui la fit sursauter... Vraiment terrifiant. Ça ne donnait pas envie d'y entrer ! Mais elle connaissait ces procédés utilisés par les gardiens des passages : terrifier le bourgeois pour l'empêcher de s'approcher. Elle passa outre sa terreur, car ces hurlements étaient réellement terrifiants, même pour elle, tout endurcie qu'elle était. L'intérieur était très sombre. Elle se pencha en avant et entra. Au lieu de se trouver dans un confessionnal, elle se trouva dans un couloir d'une maison assez antique... Il comportait des ouvertures vers l'extérieur qui apportaient une lumière grisâtre, mais impossible de voir au travers. Elle ne pouvait donc pas s'orienter. Tout en l'empruntant, elle restait sur ses gardes, oreilles grandes ouvertes, elle en atteignit le bout qui débouchait sur un escalier qui ne permettait que de descendre. Ce qu'elle fit. Il comportait les mêmes ouvertures opaques, mais qui laissaient filtrer cette lumière de couleur moisi.

Ce colimaçon semblait sans fin, elle finit même par avoir le tournis, mais, néanmoins, elle poursuivit. Il ne servait à rien de remonter.

Après une heure de descente entrecoupée de pauses les plus courtes possibles, elle aboutit dans une crypte. Elle s'arrêta un peu pour faire le point dans sa tête et prendre une décision. Elle entendit alors nettement un cri qui résonna dans le dédale des cryptes qui semblaient se suivre…

« Nom de Dieu ! Que fait-il là celui-là ? »
C'était la voix de Jean, son père !

Cela la fit sursauter, mais elle se dirigea immédiatement vers l'endroit d'où provenait cette voix.

Au détour d'un de ces énormes piliers qui soutenaient le plafond de cette gigantesque crypte, éclairée de cette sombre lumière venant on ne savait d'où, elle vit Jean, son père, debout à côté d'un cercueil en pierres.

« Papa ! » S'écria-t-elle…

« Jean se retourna et fut stupéfait de voir Alice, enchanté de la voir, soulagé de la savoir en bonne santé et heureux de la perspective qu'offrait sans doute sa présence : pouvoir sortir de ce lieu.

Il la serra dans ses bras et lui dit : « Quel bonheur de te voir. Tu me raconteras, mais il y a urgence : regarde ce que contient ce sarcophage de pierre... »

Alice s'en approcha et vit Anatole, curieusement endormi dans la posture des vampires dans les films de Dracula... Ça ressemblait fortement à une mise en scène de Garand.

Jean et Alice se regardèrent d'un air de dire : « Que faisons-nous ? »

Jean prit le premier la parole : « Je crois qu'il est plus prudent de laisser les choses en état... »

Mais personne ne bougea, alors que l'image d'Anatole se dissolvait comme dans les films de la Hammer... Et disparut.

« Ah ! S'exclama Alice. Voilà encore un tour de magie de Garand. Je viens de le voir... Il aime s'amuser à faire des références cinématographiques. Ça l'amuse beaucoup. Mais, ce faisant, il envoie aussi des messages : Anatole ne doit pas être loin... Il a dû tenter de se rendre dans le monde de M. mais il ne peut pas, il s'est donc retrouvé ici. Oui, il m'a fait un cours de physique quantique des champs pour étaler sa science. Enfin, il en est resté à nos connaissances actuelles. Il en sait beaucoup plus, mais il aime étaler sa science… Et comme toujours, il a disparu avant que je ne puisse dire quoi que ce soit. Mais c'est bien lui qui est à l'origine de tout ça. L'entité qui séjourne dans les eaux souterraines de Titan est à l'origine de sa réactivation. Il nous faut rapidement retourner à Espérance. Mais comment faire pour empêcher Anatole de nous suivre ?

- Tant pis ! Courons le risque. Ensuite nous aviserons.
- Tu sais que cette créature est devenue terrifiante et quasiment indestructible. Si elle retourne à Espérance, elle va y faire de gros dégâts.
- Oui, mais je crois que nous sommes condamnés à suivre le chemin tracé par Garand et son maître. Ici nous ne maîtrisons rien, alors qu'à Espérance nous sommes maîtres de notre destin… Connais-tu un moyen de repartir là-bas.
- J'ai sur moi le tétraèdre noir du clocher de l'église de Federal Hill. D'ailleurs Garand m'avait conseillé

de m'y rendre pour t'y retrouver. Sur ce coup-là il a été juste. Mais je crains d'utiliser cette pierre en ces lieux. Je sais que si je l'utilise dans la pièce qui se trouve au sommet du clocher de l'église, elle m'emmènera dans les plus odieuses et noires profondeurs. Puis-je l'utiliser ici en toute sécurité ? »

Ils observèrent un moment de silence pour laisser place à leur réflexion.

Jean parla le premier : « De toute façon il n'y a pas d'autre moyen, je n'en vois pas d'autre. Garand t'a dit de te rendre à l'église de Federal Hill ce qui t'a permis de me trouver. Donc soyons logique, poursuivons dans le sens qu'il t'a indiqué : regarde le polyèdre...

- OK tu as raison. »

Elle fouilla dans sa poche pour en extraire la pierre noire qu'elle brandit en se donnant du courage.

« La voilà. Je la scrute, reste près de moi... »

Elle scruta les faces du tétraèdre noir et vit, au travers de chacune de ces faces comme un chemin dans la campagne, entre deux haies au milieu des prés dans lesquels paissaient des vaches blanches. Cela l'étonna et la plongea dans un sentiment de paix et de sérénité... Elle avança d'un pas et se trouva sur ce chemin, son père la suivit de près... À peine furent-ils passés dans ce paysage bucolique, une ombre sauta immédiatement après le détective et sa fille. Anatole avait profité de la brèche pour passer de l'autre côté !

Calmet prit conscience de ce troisième compagnon mais seulement au moment où il s'éclipsa à la vitesse de l'éclair comme savent le faire les vampires...

« Zut ! Anatole n'était pas loin ; il est passé avec nous... S'exclama Jean, dépité.

- Décidément ces voyages ne font qu'aggraver les problèmes au lieu de trouver les solutions... Mais... Où sommes-nous ?
- Je crois que Garand nous a emmenés en Bourgogne, là où se trouve la maison qui fut la première à être utilisée comme passage, tu ne t'en souviens pas car tu n'étais pas encore née. C'est un clin d'œil qu'il nous lance à ta mère et moi... Maintenant je sais comment rejoindre Espérance. Ce n'est qu'une question de moyen de transport... »

Le temps a passé à Espérance...

Le vieil homme se sentait mal. Il avait le sentiment d'être abandonné. Sa femme le trouvait taciturne, muet, tête baissée et penchée sur le côté comme s'il écoutait quelque chose ou quelqu'un... La situation dans la ville avait changé. Les petits loubards arrogants étaient devenus taciturnes eux aussi.

Une nuit, il entendit un appel. Il devait se rendre au bord du fleuve. Il avait rendez-vous avec la Vouivre... C'était une belle femme, lui avait assuré la voix dans sa tête...

Il sortit donc, malgré les récriminations de sa femme et se rendit au bord du fleuve. Il faisait nuit noire. Mais le fleuve était fluorescent. Une réunion de ragondins et castors l'attendait, tous assis regardant le ciel dans la direction de Saturne. La Vouivre apparut : elle sortit de l'eau comme s'il n'y avait pas d'eau, sans remous, sans éclaboussure, aussi fluide que l'eau elle-même. Elle lui sourit et lui tendit la main : aussitôt des images érotiques enflammèrent sa libido pourtant devenue si lointaine. Elle revint violemment, irrésistiblement. Sa main se tendit et saisit celle de la créature. Elle était chargée de le remercier. C'était un cadeau qu'Il lui envoyait.

Un hypothétique passant dans la nuit noire en haut des quais aurait aperçu une scène inouïe : sous une lumière bleu foncé, dans une atmosphère ouatée et opaque, mais qui laissait voir une centaine de ragondins et quelques castors qui entouraient un vieil homme tenant une splendide femme nue par la main, empruntant un chemin, un couloir dessiné par deux rangées de ces animaux enfants du fleuve, chemin tracé par la Nature qui les emmenait vers le centre du lit. L'homme s'enhardit et tint la femme par la taille. Et soudain, ils disparurent sous l'eau couleur émeraude. Alors la lumière s'éteignit d'un coup, la nuit noire reprit ses droits et la ville gémit dans un long soupir de malheur et de terreur.

Un peu plus en amont, Anatole était plongé dans l'eau jusqu'au cou. Sa tête dépassait de l'eau. Il observait la scène avec un petit sourire entendu... Les ragondins et les castors plongèrent une fois le couple disparu. Les berges du fleuve étaient de nouveau désertes. Anatole nagea rapidement et d'un geste rapide comme l'éclair se trouva debout au bord de l'eau. Il était nu comme un ver. Il aimait son nouveau corps, enfin, il entendait « nouveau » par rapport à celui qu'il avait quand il était humain. Avoir les capacités qu'il possédait désormais lui paraissait normale, c'était plutôt son ancien statut d'être humain qu'il méprisait : « de véritables limaces, mais si délicieuses pour se nourrir ! » Il fila si vite qu'on ne pourrait pas le voir, même si la nuit était éclairée par l'éclairage public. Bien que la Lune éclairait les rues de sa bonne bouille souriante. Il vit un groupe de jeunes qui semblaient l'attendre. Il s'étonna de cette impression. Pourtant elle était réelle. L'un d'entre eux se détacha et s'approcha de lui. Anatole reconnut de suite un semblable : ce jeune avait été transformé. Mais il ne souriait pas, il n'était pas transporté de joie de voir un de ses semblables bien plus avancé en maturité que lui.

« Salut collègue ! » Dit-il en souriant.

L'autre ne répondit pas. Néanmoins il parla :

« La mère de cette ville veut te voir. Elle a senti ton arrivée...

-   La "mère" de cette ville ? Qui est-ce ? Et pourquoi veut-elle me voir ? Je ne suis pas présentable...

- Oui, la mère, celle qui commande à la ville à la place du maire… »

Il commençait à comprendre.

« OK, mais je veux m'habiller… Donne-moi ton pantalon et ta chemise ! » Ordonna-t-il !

Le groupe s'esclaffa ! Ils riaient en se tapant sur l'épaule.

Anatole saisit celui qui était devant lui, le maintint paralysé contre lui, le mordit cruellement et le vida de son sang en une seconde et laissa tomber le corps comme un chiffon.

Il se lécha les babines : « Slurp ! C'est bon du sang de jeune vampire ! » Il s'élança sur le groupe, atteignit le premier et se nourrit de lui avant qu'aucun d'eux n'ait réalisé le mouvement. Cela était si rapide qu'on ne voyait rien se passer, sauf le corps saigné à blanc retomber comme un sac sur le goudron de la rue de cette bonne ville d'Espérance. Toute la bande s'envola comme une volée de moineaux et on entendit : « Putain, nique ta grand-mère ! Nique la police ! »

Anatole se mit alors à dépouiller celui dont les vêtements correspondaient à peu près à sa stature, et en s'habillant il prenait son temps, car ces actions ultra rapides consommaient beaucoup d'énergie. Il n'était pas un originel, lui, il n'était qu'un humain transformé deux fois en vampire...

Une fois habillé, il repartit d'un bon pas et se heurta à une femme qui se trouva là comme par miracle, instantanément. Il comprit évidemment de quoi il retournait...

« Aaaanaaatooole ! » S'écria en riant Alice la vampire... Te voilà revenu... Ça n'a pas marché dans le monde de M. ?

- Ça ne te regarde pas ! Répondit-il, un peu effarouché par cette créature redoutable même pour lui...
- Mais si, ça me regarde, mais je sais ce qu'il s'est passé. Car, en fait, c'est Garand qui tient les manettes. C'est lui le conducteur du train qui nous emmène là où son maître le veut... »

Elle le prit par la main et l'emmena.

« Nos esclaves t'ont dit que je te cherchais, mais tu ne les as pas pris au sérieux. Tu les as plutôt mangés !

- J'avais très faim... Mais que se passe-t-il ici. Quel rôle joues-tu ?
- J'ai pris le pouvoir dans cette ville. Elle est désormais soumise. Et isolée du reste du monde. Personne ne s'y arrête plus. Sauf ceux qui font partie du même monde que nous. Et ce ne sont pas toujours des amis. Tu vas nous aider à nous en débarrasser.

- "Nous" ? Tu as dit "nous"... Avec qui tu trafiques ?
- Oh, un type que tu ne connais pas. Il s'appelle Curwen. C'est un grand sorcier. Il est très puissant. Il faut s'en méfier, mais pour le moment tout va bien.
- Ah ! Oui. J'en ai entendu parler. Mais il est très vulnérable. Une simple incantation récitée à haute voix par la créature adéquate et il disparaît.
- J'admire ton érudition. C'est bien pour ça qu'il avait besoin de mon aide, et moi de la tienne. J'étais sûre de ton retour, car tu n'es pas un originel, tu ne peux pas retourner dans le monde de M., quoi qu'il en soit. Même si Garand ne tenait pas les manettes de la locomotive, tu ne pourrais pas... Comprends-tu ? Ton avenir est ici. »

Ce qu'elle se gardait bien de lui dire, c'est qu'il n'en avait plus pour longtemps... Sa décrépitude avait commencé. Elle avait senti sa fatigue après son combat contre les esclaves. Il avait ressenti une perte d'énergie non pas à cause de ce combat, mais à cause de sa nourriture... À chaque fois qu'il se nourrirait, il déclinerait. On ne triche pas avec la nature. Revenir de la mort deux fois, c'est une fois de trop.

Jean regardait Alice en face de lui et songeait à sa naissance. Au début, avec sa mère, ils avaient eu l'intention de l'appeler Jeanne… Quelle drôle d'idée. Mais quand Jean s'était rendu à l'État civil pour déclarer sa naissance, quand il en repartit, il se rendit compte qu'il l'avait appelée Alice ! De retour à la maternité, il eut du mal à avouer cette histoire à Véro. Mais il avait tort car elle était bien au courant, puisqu'il l'entendit dire en la prenant dans ses bras : « ah ! Ma petite Alice chérie… » Jeanne était complètement oubliée et Alice s'était imposée !

Alors que le train entrait en gare, Jean Calmet se souvenait de la première fois qu'il était venu à Espérance. Il y avait presque une quinzaine d'années. Il regarda Alice assise en face de lui et lui fit un clin d'œil. Mais il vit bien qu'elle était aussi inquiète que lui : l'atmosphère de la ville était morbide. Il y régnait une ambiance délétère. Que s'était-il passé ? Qu'avait fait le couple maudit : Alice la vampire et Curwen ?

Alors qu'ils avaient vécu seulement quelques heures dans ce monde où Garand les avait menés, ils s'étaient aperçus que dans notre monde, et particulièrement à Espérance, il s'était passé trois mois !

Aucun passager ne descendit du train à cet arrêt alors que le train était quasiment bondé... Seuls Jean et Alice se retrouvèrent sur le quai de la gare, l'angoisse au ventre, mais ils ne perdirent pas de temps, et, d'un pas pressé, se dirigèrent vers la cité des étoiles.

Jean avait téléphoné à Véronique en ayant emprunté un téléphone portable à un aimable passant. Leurs smartphones étaient grillés par leurs voyages spatiotemporels.

Alice réfléchissait ressentait dans sa chair ce temps passé ici... Beaucoup plus de temps que ce qu'elle avait vécu là-bas, dans un des mondes où l'avait conduite Garand... Comment allait-elle retrouver sa mère chez Pierre ? Celle-ci avait expliqué qu'ils étaient terrés dans la cité des étoiles dans une ville occupée... Mais ils n'ont pas pu discuter longtemps car le gars du portable attendait... Et de toute façon il valait mieux parler de vive voix.

Néanmoins elle eut un pressentiment et retint son père par le bras :

« Attends, dit-elle, je crois qu'on devrait être prudent... On ne peut pas aller par là, on va passer devant la mairie, sur la place de la mairie, on risque de rencontrer de graves difficultés. Faisons le tour.

- Tu connais le chemin ?
- Oui, on va monter au-dessus des ruines du château et redescendre par le chemin du donjon...
- T'es sûre ?
- Presque... Le seul problème c'est qu'on va s'approcher du cimetière... Mais allons-y, le risque sera moindre... »

Ils rebroussèrent chemin et Alice Calmet prit les devants pour se diriger vers la route en lacet qui suivait la montagne au-dessus d'un petit torrent qu'on entendait couler, loin en dessous, tout au fond... Ils auraient pu emprunter le chemin qui suivait ce torrent, mais pour cela il aurait fallu traverser la cité des étoiles et elle ne le voulut pas...

Arrivés au grand virage qui faisait passer la route au-dessus du petit torrent, non loin de la source miraculeuse, ils s'arrêtèrent, interloqués... La route semblait entrer dans un épais brouillard. Ce n'était pas vraiment un brouillard, c'était comme... la nuit. Ils se regardèrent en silence et lurent dans leurs yeux la même décision : il fallait traverser.

Une fois entrée dans la nuit noire, Alice stoppa net. Ses antennes lui donnaient de multiples signaux.

Il y avait une grande activité dans le cimetière...

« Papa, il se passe quelque chose dans le cimetière situé plus haut...

- Et que s'y passe-t-il ?
- Curwen officie avec ses « sels », il fait revenir des morts en masse. Il y a une porte aussi. Une porte vers le monde de M. !
- Quoi ? Mais nous ne sommes pas parvenus à y aller, comment a-t-il fait, lui ?
- Il a des pouvoirs que sans doute Garand lui a laissé exercer. Moi j'ai la pierre noire, le polyèdre des Anciens. Sans doute qu'elle pourrait nous être utile, mais il faudra l'utiliser avec précaution. En attendant, il nous faut savoir ce qu'il se passe plus haut, dans le cimetière...
- Allons-y !
- Non, il vaut mieux que tu rejoignes maman chez Pierre Dagon. Mes pouvoirs pourront me protéger ce

qui n'est pas le cas des tiens. Je vous rejoindrai ensuite.

- Mais je ne connais pas le chemin...
- Ce n'est pas compliqué : un peu plus haut tu bifurqueras à gauche en empruntant le chemin qui descend dans le quartier des étoiles. Il aboutit tout en bas juste sous la bâtiment où habite Pierre Dagon. Tu le reconnaîtras.
- OK. Tu as raison. Mais sois prudente.
- Autre chose : tu vas passer sous les ruines du « château ». Surtout ne t'y aventure pas. Tu pourrais être happé par le puits qui te ramènerait aussitôt à l'endroit d'où l'on vient...
- Ne t'inquiète pas, je ne vais pas détourner mon regard du chemin que je dois suivre. À tout à l'heure ma chérie.
- À tout à l'heure, papa. »

Elle lui fit un tendre baiser sur la joue...

Joseph Curwen, le philosophe nécromancien

« Les sels essentiels des Animaux se peuvent préparer et conserver de telle façon qu'un Homme ingénieux puisse posséder tout une Arche de Noé dans son Cabinet, et faire surgir à son gré, la belle Forme d'un Animal à partir de ses cendres ; et par une telle méthode appliquée aux Sels essentiels de l'humaine Poussière, un Philosophe peut, sans nulle Nécromancie criminelle, susciter la Forme d'un de ses Ancêtres défunts à partir de la Poussière en quoi son corps a été incinéré. »
Borellus

Alice poursuivit son chemin avec grâce et se retrouva au pied du mur du cimetière. Elle entendait de l'autre côté des cris bestiaux, des éclats de voix, et des grognements. Elle situa facilement le lieu d'où provenaient ces bruits : le monument aux morts des deux guerres mondiales…
Elle établit donc un itinéraire assez sûr pour ne pas se faire voir, même si elle savait qu'elle se tirerait d'affaire, quel que soit l'adversaire rencontré. Mais il valait mieux éviter toute confrontation…
Elle prit sur sa gauche et longea le mur nord du cimetière. Elle s'introduisit dans la nécropole en entrant par la porte grande ouverte. Personne pour faire le guet.

Curwen se sentait en pleine sécurité. Il n'avait pas tort...
Elle se cacha derrière une tombe pour assister au spectacle...

Curwen se tenait debout à côté d'une porte ouverte en plein centre du monument aux morts. À côté de lui se tenait Garand !
Cette partie du cimetière était noire de monde. Des gens en uniforme armés jusqu'aux dents étaient regroupés dans l'allée principale et une colonne sortait du groupe pour emprunter la porte et s'évanouir aussitôt entrés...
En fait, ce qu'elle croyait être l'allée principale n'existait plus ! Un grand « nettoyage » de tombes avait été réalisé pour créer une esplanade qui permettait de contenir des centaines de « personnes »...
Elle crut même voir des blindés, des transports de troupes, des armes lourdes...
Alice avait détecté la nature de ces « personnes », de ces « soldats »...
« Des néozons » murmura-t-elle... »
Elle était stupéfaire de voir Garand en ces lieux et en compagnie de Curwen. « Tout s'explique ! » Conclut-elle... « Garand est derrière tout cela. »

Elle savait désormais tout ce qu'elle devait savoir. Elle comprit le but que poursuivait Curwen et l'entité qui l'avait envoyé ici... Garand devait être au courant. Elle ragea contre ce personnage. Elle aurait voulu l'avoir en face pour l'étrangler...
En fait, elle était terrifiée !

Elle traversa rapidement le lotissement contigu au cimetière et s'élança au travers des rues pour rejoindre le chemin du donjon, et retrouver son père et sa mère chez Pierre Dagon...

Elle arriva sans encombre au cœur de la cité des étoiles. En chemin, elle avait réfléchi à la stratégie qu'elle allait utiliser pour convaincre ses parents du bien-fondé de son analyse suite à ses découvertes là-haut... Le nom d'Athanor remonta à sa mémoire : elle se souvint que Lovecraft lui en avait parlé avant son départ vers Éris... Howard avait-il pu contacter ce personnage ?
Elle prit l'escalier de secours et arriva au troisième étage. La porte n'était pas fermée à clé, elle la poussa donc et entra. Son père, Jean Calmet, veillait dans le couloir et la prit dans ses bras. Elle commença à lui raconter ce qu'elle avait

vu, mais il lui fit « chut » en mettant son index devant sa bouche fermée…

Elle s'étonna de l'itinéraire utilisé par Jean pour aller dans la pièce où se tenait l'appareillage qui donnait vie à Lovecraft. Ils passèrent par une autre pièce qui donnait sur une terrasse commune et entrèrent chez Lovecraft par la porte-fenêtre qui donnait sur cette terrasse. Un homme les attendait. Il avait le teint basané et une noblesse dans le regard. Cette force qui émanait de lui, seule la jeune femme pouvait la détecter. Elle reconnut ainsi Athanor sans l'avoir jamais vu. Elle embrassa sa mère Véronique, qui attendait avec impatience son retour, avec angoisse aussi. Elle connaissait les stupéfiants pouvoirs de sa fille, mais elle était quand même toujours inquiète quand elle était en mission. Pierre Dagon était aussi dans la pièce. Il parla.

« Je te présente Athanor, dit-il en jetant un regard vers l'homme.

- Enchantée.

- Avant que nous entamions notre conversation, je dois t'expliquer les mesures de sécurité que nous avons prises. En effet, la police est venue perquisitionner ici, chez Pierre Dagon. Mais nous avions prévu cette éventualité. Nous avons déménagé

Lovecraft et ses appareils dans une autre pièce qui donne sur un terrasse commune avec une autre pièce de l'appartement. Puis avons muré la porte d'entrée de ce local qui ne communique plus ainsi qu'avec la terrasse extérieure. Les volets de "l'appartement" de Lovecraft restent toujours fermés. Les policiers n'y ont vu que du feu. Étant donné la complexité de cette architecture, ce n'est pas étonnant. Ce qui m'a le plus étonné, c'est que les policiers étaient dirigés par le nouveau commissaire qui n'est autre que... Garand !

- Oh ! S'exclama Alice. Oui, je l'ai vu là-haut dans le cimetière. Je vous expliquerai.
- Bien ? Maintenant, donnons la parole à Athanor. »

Celui-ci expliqua comment il avait rencontré Garand au bord du Nil, 3000 ans auparavant. Garand s'était présenté à lui sous le nom d'Hermès Trismégiste. Ce dernier lui avait enseigné les bases de l'Alchimie. L'Alchimiste avait découvert la « pierre philosophale », enfin ce que les alchimistes auraient appelé ainsi, et avait trompé la mort. Garand était venu le voir régulièrement pour le guider dans ses travaux autour du four qui portait son nom… Mais il n'était plus réapparu depuis 1000 ans. Pour la simple raison que mes pouvoirs étaient devenus dangereux pour lui. Mais ce qui était fait était fait ! Comme Hermès le lui avait dit, Athanor et Hermès Trismégiste étaient "intriqués". Ils ne pouvaient défaire cette intrication. Ni l'un ni l'autre.

« Je vais tenter de comprendre quelles sont ses intentions. Si j'y parviens, je vous informerai. Je vais être aidé par Lovecraft qui est relié à la Toile et au reste de l'univers. » Déclara-t-il solennellement.

Alice lui expliqua ce qu'elle avait vu au monument aux morts du cimetière. Elle lui parla du personnage qu'elle avait vu aux côtés de Garand.

« C'est Joseph Curwen, le nécromancien, expliqua-t-il. Un « philosophe » qui fait renaître les morts à partir des restes de leur corps. Il est très doué pour cela. S'il est ici c'est que quelqu'un ou quelque chose a réalisé les opérations nécessaires pour le ressusciter à partir de ses propres restes… Mais qui ? Seul quelqu'un connaissant la terrible formule peut la prononcer et ce quelqu'un doit être relié au terrible Nyarlathotep pour que son incantation ait de l'effet… D'après ce que vous m'avez expliqué, il semble que

Curwen, aidé de Garand, a réussi à ouvrir une porte vers le monde de M. la présence de néozons l'indique clairement. Une seule créature a besoin d'un passage vers ce monde de M., c'est Alice, la vampire qui en a été banni et internée sur Yuggoth. Elle serait donc revenue ! Sans doute l'engin spatial qui est passé à proximité de Yuggoth lui a fourni le réseau électromagnétique pour lui tracer un chemin vers la Terre. Peut-être est-il trop tard, peut-être a-t-elle utilisé le passage...

- Si c'était le cas : tant mieux, nous en serions débarrassés. Répondit Alice.
- Oui, mais Curwen est toujours là, et ce n'est pas très bon pour notre planète !
- Oui, il faut s'en débarrasser aussi.
- Lovecraft m'a rappelé qu'il y avait une formule pour s'en débarrasser. Mais pour qu'elle soit efficace, il faut quelqu'un qui soit relié d'une manière comme une autre à Nyarlathotep...
- C'est le cas pour mon père puisque nous sommes allés sur Titan où siège cette abominable entité... Moi j'avais la pierre noire que j'ai ramenée de Federal Hill, un artefact qui, à la fois, me protège des

influences de certaines de ces entités et me permet de prendre contact avec d'autres. On sait que c'est la guerre entre elles !

- Bravo. Nous voilà très bien armés pour affronter l'ennemi. Il ne reste plus que la stratégie à mettre au point… »

Alice Calmet aux trousses d'Alice la vampire

(...) de la pièce noire que nous avions quittée, se firent entendre les cris les plus démoniaques que nous eussions jamais entendus. Le chaos de l'enfer n'aurait pas été plus épouvantable s'il avait laissé échapper l'agonie des damnés, car dans cette cacophonie inconcevable étaient réunis toute la terreur surnaturelle et le désespoir suprême d'une créature animée. Ce n'était pas humain (...)
H.P. Lovecraft
Herbert West, *réanimateur*

Après une bonne nuit de sommeil, Alice s'était organisée pour mener à bien sa mission : savoir si l'autre Alice, la vampire, était bien passée dans le monde de M. avant de fermer la porte. Tout en réfléchissant, elle se rappela la scène qu'elle avait vue la veille au cimetière. Sans doute que le transfert de troupes de morts-vivants vers le monde de M. se porsuivait.

Elle a observé assez longtemps la place de la mairie sur laquelle donnait une terrasse de l'appartement de Pierre Dagon. Elle le fit très discrètement.

Une espèce de garde de jeunes habituellement désœuvrés se tenait devant le bâtiment dans une ligne impeccable, militaire. Les jeunes restaient immobiles sans aucun mouvement. Cette observation et d'autres éléments qu'elle décela lui firent comprendre qu'il s'agissait de jeunes vampires.

Elle devait attendre, tiraillée entre la nécessité de voir passer l'autre Alice quand elle se dirigerait vers le cimetière ou se rendre là-haut et tenter de passer pour aller voir dans le monde de M. si la vampire s'y était rendue... Pas facile... La tension montait en elle à chaque minute qui passait.

Après un long moment, elle décida de passer à la phase de secours : elle allait se faire passer pour la vampire auprès de sa garde toujours debout devant la mairie. Elle était le sosie de la vampire. Cela devait marcher. Elle alla informer ses parents et Athanor de sa décision et descendit au pied de l'immeuble en empruntant l'escalier. Jamais d'ascenseur.

Les vampires alignés au garde-à-vous aperçurent donc au loin, au fond de la place, leur « maîtresse ».

Alice Calmet fit un signe en désignant du doigt l'un d'eux et lui fit signe d'approcher. Elle restait à l'abri de regard des fenêtres du bâtiment public derrière les platanes.

Un des jeunes s'approcha et se planta devant elle attendant qu'elle prenne la parole.

« As-tu vu Joseph Curwen ? »

Le jeune vampire leva les sourcils d'étonnement : « Oui maîtresse. Je l'ai vu se rendre au cimetière avec vous-même il y a quelques heures...

- Ah ! Bien. J'ai été obligée de revenir pour quelque chose que j'avais oublié et je me demandais s'il était revenu. Tu ne l'as pas vu revenir ?
- Non, maîtresse.
- Bien ! Retourne à ton poste. »

Le jeune vampire rejoignit le rang. Et soudain, comme un seul homme toute la brigade se mit en mouvement et se dirigea vers la rue qui montait au cimetière.

Alice comprit immédiatement qu'ils montaient tous là-haut pour, sans doute, emprunter la porte. Elle se retourna et se dirigea vers le chemin du donjon pour se rendre au cimetière. Soit Alice la vampire s'y trouvait, soit elle était déjà passée dans le monde de M.

Le trajet fut bref car elle marcha à grands pas. Elle ne détourna pas le regard vers le puits qu'elle avait tant pratiqué, qui trônait toujours dans les ruines du château que le sentier longeait à la base de ce qui restait de ses murailles.

Arrivée sur le plateau elle rencontra la brume noire qui protégeait les lieux. Mais cette muraille psychologique ne l'arrêta, pas cette fois encore. Elle était immunisée contre tous ces artefacts psychosomatiques de Curwen.

Elle pénétra avec précautions dans l'enceinte du cimetière et, cachée derrière une pierre tombale posée sur la tranche après la violation de sépulture réalisée par l'officiant Joseph Curwen, Alice assista à une scène qui lui apporta tous les éléments qu'elle espérait.

À proximité, une masse noire de néozons grognaient et parfois hurlaient de douleur, cette douleur que le paste qui les avait rendus immortels produisait régulièrement en eux, comme les rouleaux de l'océan qui grignotaient le rivage. Quelque temps plus tard, ces "soldats" furent rejoints par les jeunes vampires. Ils étaient alors rassemblés, très nombreux, deux sortes de morts-vivants : les néozons et les vampires.

Joseph Curwen, décidément infatigable, présidait une cérémonie funèbre en compagnie d'Alice la vampire.

Devant eux une petite estrade avait été réalisée sur laquelle le corps sans vie d'Anatole était allongé.

Cela fit sursauter Alice d'étonnement : Anatole était-il mort ?

Curwen finissait une espèce de lamentation ponctuée de formules inintelligibles aux sonorités sinistres.

Alice Calmet comprit qu'il tentait des incantations pour faire revenir Anatole à la « vie » de vampire. Mais, sans doute qu'il était très difficile de ressusciter un mort pour la troisième fois !

La jeune femme aux yeux verts aperçut la porte vers le monde de M., derrière les officiants. Elle était toujours ouverte. Garand était posté à proximité devant une espèce de grand tableau dont il manipulait la surface à pleine poignée comme s'il chiffonnait la robe d'une belle femme... C'était vraiment l'impression qu'il donnait. Les manipulations que réalisait Garand pour ouvrir et fermer les portes étaient toujours surprenantes.

Curwen échoua à réveiller le mort-vivant Anatole. C'en était fini pour lui. Il avait trop profité de la « vie » de vampires. Il avait abusé et était puni. On ne viole pas les lois de la Nature trop souvent sans le payer cher.

Curwen et Alice parlèrent à voix basse. Curwen faisait des signes de la main vers la porte.

Ils évoquaient la possibilité d'emmener le corps d'Anatole dans le monde de M. et il lui sembla que la vampire acquiesçait.

Effectivement, quatre jeunes vampires s'approchèrent et soulevèrent le corps d'Anatole. La vampire se retourna et se dirigea vers la porte, immédiatement suivie par le cortège funèbre. Alice la vampire et son compagnon Anatole retournaient dans le monde de M. !

Alice Calmet avait apporté un foulard noir comme la nuit et couvrit sa tête pour cacher ses cheveux. Elle ramassa de la terre et se barbouilla la figure pour ressembler le plus possible à un néozon. Elle s'infiltra dans un groupe au milieu d'hommes décomposés, dans une odeur de charogne insupportable. Elle suivit le mouvement de la section de ces soldats immortels vers la porte en baissant la tête pour ne pas être repérée par Curwen, qui ne la connaissait pas, mais une précaution valait mieux que pas de précaution… Le fait est que le sorcier ne remarqua pas sa présence bien qu'elle ne portât pas de tenue militaire. Mais plusieurs néozons étaient également dans ce cas. Cette armée était assez disparate. En passant devant Garand qui s'était retourné pour assister à la procession macabre, elle jura qu'elle l'avait vu lui faire un clin d'œil et un discret signe de main : il avait légèrement levé sa main droite jusqu'à la hauteur de son ventre avait serré le poing pour ne garder que le pouce levé, une manière de lui dire « Bravo » ! Alice en fut stupéfaite, mais elle avait tort de s'étonner, Garand n'était-il pas aussi son père ? Le cortège de soldats s'arrêta brusquement, elle se demanda pourquoi. Garand en profita pour lui faire un autre signe, car la masse des néozons le cachait du regard de Curwen. De la main droite, il indiqua le passage et de la main gauche il tourna son poignet pour lui dire qu'il fermerait la porte une fois qu'elle serait passée. Elle n'en espérait pas autant, car elle avait mis au point, avant de venir, le moyen pour revenir du monde de M., moyen qu'elle avait déjà utilisé.

Elle voulut, elle désira, elle aurait bien aimé faire un salut amical à Garand, pour le remercier, mais, c'était trop dangereux. Elle s'abstint.

Le cortège macabre redémarra et ils franchirent la porte. Elle était ici sous la forme d'un grand couloir dont les parois étaient recouvertes d'une substance verte comme un marbre vert d'eau. Il était très long mais bougeait dans le sens inverse de leur marche, donnant ainsi l'illusion qu'ils avançaient à toute vitesse. Mais, désormais, ils étaient dans un monde qui n'était fait que d'illusions…

Petit à petit le nombre de ses « compagnons » diminuait. Brusquement elle se retrouva seule dans un couloir étroit, car elle n'avait pas remarqué qu'au fur et à mesure que les néozons disparaissaient, le couloir se rétrécissait. Finalement il fit noir, très noir, comme si les lumières s'étaient éteintes. Elle était seule, le silence était quasiment mortel. Elle ferma les yeux, se les massa à travers ses paupières et les ouvrit, ses merveilleux yeux verts, des yeux « menthe à l'eau » comme dans la chanson d'Eddy Mitchell. Ses merveilleuses émeraudes qu'étaient ses yeux lui permirent de voir une faible lueur blanchâtre un peu plus loin. Cela lui permit de prendre la décision de faire quelque pas sans crainte de tomber ou de heurter quelque chose. Cette lueur prit la forme d'une porte, une banale porte avec une poignée dans laquelle un œil s'ouvrit, un œil couleur menthe à l'eau qui lui fit un clin d'œil appuyé, alors que le refrain des deux premières phrases de la chanson résonnaient dans cet espace confiné comme si elle se trouvait dans une vaste grotte : « *Elle était maquillée hé – Comme une star de ciné hé, ho ho ho* » Elle sourit de son si beau sourire et s'exclama : « Merci Garand ! »

Elle tendit la main en souriant et ouvrit la porte. Mais ce n'était pas le paradis qui l'attendait de l'autre côté, encore moins un bar avec un juke-box comme dans la chanson.

Elle se retrouvait de nouveau dans l'église de Federal Hill !

Elle maudit Lovecraft d'avoir écrit cette histoire. Elle revenait toujours ici, là où Anatole avait accédé au monde de M., mais la dernière fois qu'elle était venue ce n'était pas vraiment dans ce monde qu'elle s'était trouvée. Elle n'avait pas le choix, pour repartir, elle devait *regarder* où se trouvait cette église. Un principe identique à celui de la mécanique quantique : observer un phénomène du monde de l'infiniment petit, c'est ramener ce micro monde dans le monde macroscopique. C'était la condition de son retour.

Elle s'éloigna de l'habituel confessionnal vermoulu et reprit le même circuit que celui de sa précédente venue pour sortir sur le parvis de l'église maudite et regarder ce monde de M. afin de s'assurer qu'il était bien celui où s'était rendue Alice. Quand elle y parvint elle regarda à en souffrir tant son regard était intense et stupéfait.

Elle était bien dans le monde de M., mais la ville n'était plus que ruines. Au loin, à la limite de l'horizon une bataille faisait rage. Elle voyait les éclairs rouge sang des explosions et ensuite entendait leur bruit sourd.

Elle se demandait comment elle allait procéder pour vérifier qu'Alice la vampire était bien revenue chez elle. Après avoir balayé tout le paysage plusieurs fois du regard, elle finit par apercevoir le château de la vampire. Curieusement, il semblait intact.

Soudain elle entendit un cri. La voix d'un homme. Elle crut rêver car il lui sembla que ce cri, en fait, était son nom prononcé, comme si quelqu'un l'appelait...

Elle ne rêvait pas : elle vit s'approcher en montant la pente à grandes enjambées, deux hommes qui se ressemblaient comme deux gouttes d'eau. Des soldats en uniforme vert olive. Des officiers sans doute. Avec une arme lourde en bandoulière.

Ils s'approchèrent en souriant. Alice était sur ses gardes.

« Bonjour Alice, s'exclama joyeusement l'un d'eux.

- Bonjour... Comment me connaissez-vous ? Qui êtes-vous ?
- Je me nomme Marc Pim et voici mon frère jumeau Arthur.

- Ah ! Oui mon père m'a parlé de vous. Les jumeaux : l'un est un "monstre" et l'autre pas. Les "monstres" sont appelés ainsi car leur sang infecte le vampire qui s'en nourrit. Ce sont eux les coupables de l'extinction de l'espèce...
- Oui, je vois que vous êtes bien au courant.
- Vous êtes toujours en guerre je vois : 17 ans que dure cette guerre ?
- Oui. Interminable. Les vampires ont disparu mais leur société est restée et nous fait la guerre. Nous avons constaté l'arrivée de nombreux néozons de votre monde. Et nos espions nous ont dit qu'Alice, la reine des vampires était revenue ? Vous êtes au courant ?
- Oui, je confirme. C'est une longue histoire. Elle a été « mise en conserve » sur Yuggoth, mais a réussi à s'en échapper pour venir sur notre monde. Mais Nyarlathotep, qui gît sous la surface de Titan a fait renaître Joseph Curwen le nécromancien pour ouvrir un passage pour elle. Il a réussi. Elle est donc bien revenue ?

- Oui. Nous en sommes sûrs. Cela ne nous dérange guère. Sa présence ne va pas changer l'équilibre des forces ennemies. Ni les centaines de néozons venus avec elle et chargés de sa protection. Elle finira bien par se nourrir d'un "monstre" sous peine de mourir de faim... Elle était déjà très malade quand elle a tenté sa sortie avec Anatole, mais visiblement elle s'est remise lors de son séjour sur Yuggoth.
- Ah oui... Je comprends. Nous sommes contents de nous en être débarrassés en fait...
- Avec la complicité de Garand sans doute... »

Elle ne répondit pas. Les deux hommes riaient.

L'autre prit la parole : « Vous allez sans doute rentrer chez vous ?
- Je ne sais pas si je vais y parvenir...
- Ne vous inquiétez pas, nous ne vous suivrons pas. Notre place est ici. D'ailleurs même si nous le voulions, je suis persuadé que la Trame ne nous le permettrait pas.
- Sans doute.
- Si vous parvenez à rentrer chez vous ne manquez pas de faire passer

notre salut affectueux à Jean votre père et à votre mère Véronique !

- Je n'y manquerai pas ! » Répondit-elle avec émotion.

Là-bas au loin, la bataille faisait toujours rage, le ciel était noir des nuages de fumée des explosions. Ce monde était devenu le monde de la guerre, jamais finie, toujours recommencée.

Les deux hommes prirent congé d'une ferme poignée de main. Avant qu'ils ne partent, elle eut encore une question à leur poser : « Mais comment saviez-vous que je serais ici ?

- Nous ne le savions pas. Nous savions seulement deux choses : que si quelqu'un venait il viendrait par cette église et que quelqu'un viendrait car nous avions appris que la porte avait été de nouveau ouverte. Adieu ! »

Elle regarda les hommes redescendre le talus sur lequel l'église avait été construite et sourit avec une certaine émotion.

Il lui fallait maintenant retrouver le chemin du retour...

Pour cela, elle sortit de sa poche la pierre noire emballée dans un mouchoir.

Il ne fallait pas l'utiliser dans le clocher, mais ici elle pourrait le faire. Elle était assez confiante, elle pensait que jamais

Garand ne l'aurait laissée passer s'il savait qu'elle ne pourrait pas revenir. Néanmoins, elle était anxieuse car elle ne pouvait pas vraiment savoir quel effet cela produirait de regarder dans cette foutue pierre noire… Elle le fit quand même et l'approcha de ses yeux. La facette qu'elle regardait s'éclaira soudain comme si le jour y régnait alors qu'ici, dans ce monde les ténèbres régnaient. Et soudain elle vit simplement le reflet de son œil. Un très joli œil couleur menthe à l'eau ! La jeune femme fut contraire et pensa : « Zut ! Ce n'est que mon reflet. Mais le reflet, l'œil aux couleurs menthe à l'eau s'éloigna et ce fut un visage qui fut visible sur cette facette de matière noire. Et ce visage était le même que le sien ! Mais elle comprit vite que ce n'était pas le sien, c'était celui de l'autre Alice… Alice la vampire se retourna et marcha vers un sentier semblable au chemin du donjon d'Espérance, mais qui, ici, menait en son château.

Puis la forme humaine disparut et Alice Calmet se retrouva dans un autre décor, un autre monde en quelque sorte. Mais sa déception fut grande car elle n'était pas à Espérance, elle en était sûre, elle se trouvait dans une cave voutée et malodorante, dans laquelle il régnait une horrible odeur de charogne et dont les échos charriaient des grognements et des hurlements déments. Elle tenta stupidement de regarder de nouveau dans la pierre pensant qu'elle pourrait bifurquer ainsi vers un autre univers, mais ce fut peine perdue, la pierre resta obstinément noire.

Elle regarda autour d'elle et constata qu'elle était dans une espèce de crypte complètement vide où se rejoignaient plusieurs tunnels.

Il fallait plus que cela pour la terrifier. Mais elle se sentit piégée par la vampire. Elle devait trouver le moyen de sortir d'ici, sans doute les caves du château de l'autre Alice.

Un tunnel fut choisi au hasard; elle l'emprunta. Ce passage n'était qu'un goulet d'étranglement qui conduisait à un vaste couloir au plafond voûté. De chaque côté se trouvaient des grilles d'acier avec une porte qui donnait sur une espèce de cellule. Alice s'aventura prudemment dans ce couloir et lentement, sans faire de bruit, regarda dans la première cellule.

Un homme s'y trouvait et lui tournait le dos. Il poussait des grognements et il semblait qu'il dévorait quelque chose... Soudain, il se retourna vivement et poussa un hurlement en l'apercevant. Son visage putréfié montra à Alice sa véritable nature : un néozon. La jeune femme se trouvait dans une usine à fabriquer des néozons. Celui qu'elle voyait dévorait un bras, qui avait appartenu à un corps encore vêtu de son uniforme vert olive et qui gisait sans vie aux pieds du monstre. Ce dernier lâcha son dîner et s'élança vers la grille qui l'enfermait et sortit ses bras fébriles en direction d'Alice tout en hurlant très fort. Alice recula mais elle devait garder la position centrale dans le couloir car en face il y avait une autre cellule de laquelle d'autres hurlements se firent entendre, suivis immédiatement d'un tonnerre de hurlements qui se propagèrent tout au long de la galerie dont elle ne voyait pas le bout. Après le sursaut d'horreur, elle reprit son calme et se demanda par quels moyens ces lieux étaient éclairés. Le plafond et les murs étaient fluorescents. D'une luminosité particulière. La lumière ne semblait pas provenir de ces murs mais de l'air lui-même. En fait, oui, c'était l'air qui était fluorescent. Des champignons microscopiques devaient illuminer l'air. Et elle respirait ces champignons !

Alice la vampire savait que son pouvoir était perdu. Elle préférait détruire ce monde de M. plutôt que le laisser lui échapper. Elle ne combattait plus, elle tentait de transformer tous les êtres humains de ce monde en néozons ! C'était cela sa victoire.

Elle prit ses jambes à son cou et courut en espérant atteindre le bout de ce couloir le plus rapidement possible, bien que ne sachant pas ce qu'elle allait y trouver.

Elle y trouva tout simplement une montée d'escalier en colimaçon qu'elle emprunta précipitamment. Il la conduisit à un premier palier qui comportait une ouverture vers l'extérieur. Elle se pencha sur l'épaisseur du mur pour regarder. Ce qu'elle vit la stupéfia : des hordes de néozons sortaient des ouvertures situées vraisemblablement au même niveau que les couloirs des cellules. Des vagues, des milliers de cadavres en mouvement, de zombies épouvantables fonçaient dans une démarche maladroite vers la ligne de front située non loin de là. Elle imagina là-bas, ses amis Marc et Arthur faisant face à cette terrible invasion. Des larmes perlèrent de ses yeux verts...

Elle ne savait plus quoi faire.

Elle finit par revenir à sa première idée : utiliser de nouveau la pierre noire. Elle réfléchit encore un peu. Puis elle pensa à Garand. Malgré tout le mystère qui entourait cette créature qui était peut-être son père, elle avait bien constaté qu'il l'avait aidée. Tout en étant perdu dans ses songes, elle sortit la pierre de sa poche la déballa et plaça une de ses facettes devant son œil alors qu'elle pensait toujours à Garand. Et c'est alors qu'elle le vit dans la pierre. Il lui fit un signe et un clin d'œil et elle se trouva à côté de lui !

« Ben ma petite Alice tu en as mis du temps à penser à moi ! » Il riait, autant de sa surprise à elle que du plaisir de l'avoir sortie de ce mauvais pas.

« Je t'avais fait signe que je fermerais la porte mais je n'ai pas pu te dire comment faire pour revenir. J'ai bien pensé que tu trouverais toute seule ! »

Alice restait muette de stupeur et de bonheur d'être vivante.

« Tu ne sais plus quoi dire ? » Interrogea Garand. Je comprends ! Je te laisse. Athanor m'attend...

« Attends, attendez... » Elle ne savait plus si elle le vouvoyait ou le tutoyait. Elle poursuivit : « Que fait la vampire dans le monde de M. ?

- Elle se suicide en transformant tout le monde en zombies, ce que tu appelles les néozons. Tous les prisonniers qu'elle fait, elle leur fait manger du paste. Ils sont invincibles, mais pas pour longtemps car ils "migrent" assez vite en zombies... Puis elle les relâche dans la nature. Ça fait du dégât !

- De quoi se nourrit-elle.
- Eh bien, je comprends ta question... Elle a du mal, elle a peur de saigner un "monstre" et ainsi, d'aggraver sa maladie. Elle n'a aucun moyen de faire la sélection. Elle finira par tomber sur l'un d'eux.
- Mais pourquoi a-t-elle voulu revenir ?
- Elle ne pouvait pas rester dans ton monde, car elle s'y délitait littéralement. Elle allait partir en morceaux... Elle y a fait venir Joseph Curwen via l'entité de Titan pour qu'il trouve un remède à cette maladie qui l'aurait rongée dans ton monde, mais il n'y est pas parvenu... Ils ont donc décidé de la renvoyer dans le monde de M. bien escortée... En fait, elle était infectée par les "monstres" quand elle a été exilée sur Yuggoth. Là-haut elle n'avait pas besoin de son corps, conservé intact mais malade par *Ceux du Dehors*. En partant de là-haut, elle l'a réintégré, et sa maladie avec. Je dois te le dire : elle est incurable.
- Et tu l'as aidée ?

- Bien sûr ! Tu voulais bien t'en débarrasser non ?
- Trop facile...
- Elle espérait, à tort, que dans le monde de M. sa maladie disparaîtrait... Bon, j'y vais alors ?
- Dommage que je n'avais pas cette information quand j'ai rencontré Marc et Arthur. Elle aurait pu leur être utile...
- Oui, mais il ne faut pas trop interférer dans les événements. C'est pas bon pour la Trame. Cette fois, j'y vais ! »

Il s'approcha de la jeune femme et lui fit un baiser sur le front...

La jeune femme regarda autour d'elle. Elle se trouvait sur le chemin du donjon. Relativement en sécurité donc. Elle rejoignit la cité des étoiles où elle retrouva ses parents qui lui apprirent qu'Athanor était parti en mission...

Athanor et Garand

Ils s'étaient mis d'accord pour se partager le boulot : Alice se chargeait de son homonyme vampire, Athanor s'occuperait de Garand et Jean devait se préparer à prononcer l'incantation qui devait renvoyer Curwen d'où il venait, encore fallait-il pouvoir s'en approcher. Quant à Nyalarthotep, il était trop loin, là-haut sur Titan pour l'atteindre. Seule Alice et Véronique pouvaient y aller, mais sans pouvoir l'atteindre dans les profondeurs du grand satellite de la belle planète aux anneaux.

Athanor sortit donc du bâtiment en étoiles situé en face de la mairie, alors qu'Alice était dans le monde de M. : ils avaient convenu d'un délai raisonnable pour intervenir les uns après les autres.

Athanor s'étonna de l'absence de la garde rapprochée de la vampire. Il interpréta cela comme un signe positif : ces gardes devaient être partis avec elle de l'autre côté, dans ce monde impie...

Lui, devait se rendre au commissariat pour rencontrer Garand. Mais il ne se doutait pas que Garand était là-haut, occupé à fermer la porte pour rendre le retour de la vampire impossible. Il demanda au planton de rencontrer M. le commissaire. Ce ne fut pas facile car il aurait dû avoir un rendez-vous. Il décida de patienter dans le hall servant de salle d'attente.

Après un long temps d'attente, et constatant que les policiers le regardaient de travers, il sortit et se rendit derrière le commissariat pour attendre Garand devant le parking des policiers. Il se demandait s'il allait pouvoir rester longtemps vu la caméra qui filmait ce lieu par mesure de sécurité. À peine eut-il cette pensée qu'il vit approcher la voiture de Garand. Celui-ci s'arrêta à côté de lui et ouvrit sa fenêtre.

« Salut Athanor. Je savais que tu m'attendais. Je me gare et je te rejoins ici. Ce n'est pas prudent de se parler au commissariat... »

Une fois revenu, Garand accompagna Athanor et ils marchèrent le long de la voie de chemin de fer.

« J'ai ramené Alice du monde de M. saine et sauve.

- Très bien, je n'en attendais pas moins de toi !
- Maintenant reste à régler le problème de Curwen ; seul Jean a le pouvoir d'utiliser la formule qui va renvoyer le sorcier d'où il vient.

- Oui, mais comment faire ?
- Eh bien, je vais m'en occuper...
- Ah ? T'es sûr ? Et que feras-tu après ?
- Je m'en retournerai à mes affaires, comme d'habitude. Ici je n'aurais plus rien à faire, pour le moment.
- Promis juré ?
- Promis juré, croix de bois, croix de fer, si je meurs je avis en enfer ! Ah ah ah ! »

Jean et Curwen

Garand avait amené Curwen au bord du puits dans les ruines du château d'Espérance. On n'a jamais su comment il avait procédé pour atteindre ce but. Mais personne ne s'en souciait. L'important est qu'il avait réussi.

Jean s'était caché à proximité. Il observait la scène : le nécromancien accompagné de son rat au visage humain, Brown Jenkin, discutait avec Garand. Le sorcier tournait le dos à Jean qui sortit donc de sa cachette et s'approcha de l'homme noir. Le rat le repéra immédiatement et avertit Curwen qui se retourna et commença à psalmodier la terrible formule :

PER ADONAI ELOIM, ADONAI JEHOVA
ADONAI SABATOTH, METRATON...

Mais dès que le sorcier plongea son regard dans le sien, Jean psalmodia la seconde partie de la formule :

OGTHROD AI'F
GEB'L – EE'H
YOG-SOGOTH
'NGAH'NG AI'Y
ZHRO!

Dès le premier mot, Joseph Curwen cessa de parler comme si sa langue eût été paralysée.

Quand le mot *Yog-Sogoth* fut prononcé, une hideuse métamorphose eut lieu. Ce ne fut pas une simple *dissolution*, mais plutôt une *transformation* ou une *récapitulation* ; et Jean ferma les yeux de peur de s'évanouir avant d'avoir fini de prononcer la formule redoutable.

Et quand il ouvrit les yeux, Joseph Curwen n'était plus qu'une fine couche de poussière sur le sol caillouteux des ruines du château d'Espérance.

Seul le sale rat dénommé Brown Jenkin piaillait en montrant ses deux incisives proéminentes. Alice et Véronique qui s'étaient approchées une fois l'incantation terminée s'en emparèrent, Alice le tenant par la peau du dos et Véronique lui tenant le museau fermé avec ses deux mains. Elles s'approchèrent du puits et l'y jetèrent sans regret ; « Va rejoindre ta sorcière Keziah, elle va se venger que tu l'aies ainsi trahie ! » S'exclama Alice en riant.

Épilogue

Athanor était reparti vers son Égypte natale. Garand avait disparu comme d'habitude.

Véronique, Jean et Alice étaient montés en pleine nuit sur la terrasse supérieure de leur immeuble de la cité des étoiles.

Les ruines du vieux château, éclairées par la Lune, semblaient les contempler avec bienveillance.

Saturne était visible à l'est. Avec une simple lunette ils auraient pu distinguer ses anneaux.

Ils regardèrent cette étoile qui était une planète et tous les trois pensaient à cette entité toujours présente là-haut sur Titan et se demandaient ce qui allait advenir de cette présence dans l'avenir...

La mairie avait retrouvé ses habitudes comme si de rien n'était. Personne ne se souvenait de rien. Sauf que des jeunes en nombre avaient disparu, que le cimetière avait été très gravement profané et le monument aux morts abîmé. Les autorités ont visiblement voulu étouffer toute cette affaire en attribuant au "djihad" la disparition de ces jeunes, et en leur mettant sur le dos les dégradations commises...

Chemin du donjon

Cité des étoiles

Illustrations ci-dessus © Alain Pelosato

Notes de l'éditeur

Cycle **Jean Calmet** : *Ruines* et *Fleur de soufre* d'Alain Pelosato et ses autres suites de Pierre Dagon, **Les 12 filles de Lilith, Lovecraft à Espérance, Les Âges sombres, L'Alchimiste**.

Athanor apparaît dans la nouvelle **L'Alchimiste**.

L'exécution de *Dracula* sur Tchouri dans la nouvelle **Les Âges sombres**

Le retour de Lovecraft sur Terre, à Espérance, est relaté dans le court roman de Pierre Dagon **Lovecraft à Espérance**

Voir le site de la NASA sur le vaisseau spatial **New Horizons** *et son exploration de* **Jupiter et Pluton.**

Éris est un objet épars, situé au-delà de la ceinture de Kuiper, considéré comme une petite planète de la même famille que Pluton.

Ceux du dehors sont des créatures de la nouvelle de Lovecraft **Celui qui chuchotait dans les ténèbres**, (*The Whisperer in Darkness* - 1930) Traduction Jacques Papy.

L'église de Federal Hill, est tirée de **Celui qui hantait les ténèbres** (1935), traduction Claude Gilbert, nouvelle de Lovecraft en réponse à la nouvelle de Robert Bloch **Le visiteur venu des étoiles** (1935), traduction Claude Boland-Maskens.

La citation de *Borellus* et la nécromancie ainsi que les formule psalmodiées sont tirées de **L'affaire Charles Dexter Ward** de Lovecraft.

Le jardin découvert par Alice dans les ruelles de Providence est celui de **La fille de Rappaccini** (1844) de Nathaniel Hawthorne, traduction Henri Parisot.

Table des matières

www.ingramcontent.com/pod-product-compliance
Lightning Source LLC
Chambersburg PA
CBHW061210170626
46809CB00003B/1311